로타의 눈물

로타의 눈물

발행일	2025년 9월 17일
지은이	서찬임
펴낸이	손형국
펴낸곳	(주)북랩

출판등록 2004. 12. 1(제2012-000051호)
주소   서울특별시 금천구 가산디지털 1로 168, 우림라이온스밸리 B동 B111호, B113~115호
홈페이지   www.book.co.kr
전화번호   (02)2026-5777   팩스   (02)3159-9637

ISBN   979-11-7224-836-9 03810 (종이책)   979-11-7224-849-9 05810 (전자책)

잘못된 책은 구입한 곳에서 교환해드립니다.
이 책은 저작권법에 따라 보호받는 저작물이므로 무단 전재와 복제를 금합니다.
이 책은 (주)북랩이 보유한 리코 장비로 인쇄되었습니다.

작가 연락처 문의 ▶ ask.book.co.kr
전용 게시판에 문의를 남기시면 저자에게 직접 전달됩니다.

(주)북랩 성공출판의 파트너
북랩 홈페이지와 SNS에서 다양한 출판 솔루션을 만나 보세요!

홈페이지 book.co.kr   • 블로그 blog.naver.com/essaybook   • 출판문의 text@book.co.kr
카톡채널 북랩

서찬임 소설집

로타의 눈물

서찬임 지음

여성은 단순히 태어난 존재가 아니라
세상을 묻고, 다시 쓰는 주체다!

결핍을 넘어 사랑과 존엄으로 빛나는,
여성들의 진짜 이야기가 지금 펼쳐진다.

북랩

차례

모래인형	7
젤리팜	33
로타의 눈물	61
유리구두	91
목리	117
캡슐타운	143
새의 귀환	173

모래인형

백사장 모래가 출렁거린다.
　　나를 본뜬 여자는 누드로 누워 있다. 남자가 바다로 들어가기 전 심심풀이로 만든 모래인형이다. 그녀의 머리카락은 미역이 하늘거리듯 기다랗게 매달려 있다. 커다란 눈은 눈꺼풀이 반쯤 덮고 있어 방금 잠이 든 듯 게슴츠레하다. 그녀의 오똑한 코에 입술을 대고 숨결을 불어넣으면 곧바로 일어나 앉을 것 같다. 그녀의 가슴, 팔과 다리, 배, 무엇보다도 배와 배꼽 그 아래 둔덕은 살아 있는 생명체처럼 도드라졌다.
　　나는 모래인형 옆에 누웠다. 하늘이, 그리고 바다가 파랗다. 이곳에 오기 전까지 바다를 본 적이 없다. 고향의 강을 이 세상에서 제일 큰 물길이라고 생각했었다. 사시사철 푸른색이 아닌 흙탕물이어서 사람들은 흑룡강이라고 불렀다. 대륙에서 발

원한 물이 낮은 곳으로 흘러 이곳 바다에까지 이르는 모양이라고 우두커니 생각하고 있었다.

저쪽에서 남자가 나에게 손을 흔들었다. 나는 벌떡 일어서서 그를 바라봤다. 요트가 바다를 가르며 하얀 가래를 토해낸다. 한 조각의 보드 위에서 45도로 기울어진 그의 탄탄한 몸이 돛과 한데 어우러져 그림 같다. 바람이 분다. 점점 더 세게 불어오는 바람에 비치파라솔이 휘청거린다. 순식간에 먹구름이 몰려왔다. 환하게 웃으며 윈드서핑을 하는 남자가 갑자기 위로 튕겨 날아갔다. 요트는 뒤의 사정을 모르는지 주홍색 보드를 매달고 먼바다로 달려가고, 손을 흔들던 남자의 모습은 사라졌다. 어디로 간 것일까. 누군가 급하게 신고하고 있었고, 난 그냥 멍하게 바다를 지켜보고 있었다.

사이렌이 울리고 119 구급차가 달려왔다. 제트 스키를 탄 안전요원이 출발하자 사람들은 일시에 몰려들었다. 후두둑 비가 떨어졌다. 사람들은 흩어질 줄 모른다. 다들 다급했지만 나는 오히려 마음이 안정되었다. 이 순간을 기다렸던 것일까. 파라솔 밑에 있는 그의 옷가지와 소지품을 가방에 찬찬히 넣었다. 파텍필립 시계와 보테가베네타 지갑은 가방 가장 깊은 구석에 챙겨 넣었다. 시계는 중고 시세로도 억대를 호가한다. 흰색 마 저고리와 바지는 착착 접어서 비닐봉지에 넣었다. 구두는 버리기로 마음먹는다, 어차피 되팔기 불편하니까. 모래로 만든 여자는 빗물에 씻겨 흩어진다.

처음 남자의 병실을 방문했을 때 그는 금으로 된 목걸이와 팔찌를 하고 있었다. 나이나 덩치에 어울리지 않는 금붙이는 촌스러움을 더하고 있었다. 나를 보던 그의 눈이 번뜩이는 모습은 꼭 굶주림에 지친 늑대 같았다. 남자는 중국에서 관광을 온 홀아비였다. 쇼핑을 하던 중 갑작스러운 배탈로 입원을 하면서 한국에 매료되었다 한다. 남자가 떠들어대는 말투는 동북관어였다. 그쪽 사투리는 어릴 때부터 써봤기에 자연스럽게 알아들었다. 남자의 배탈은 물 때문이었다.

하루 이틀이면 퇴원을 해도 좋을 만큼 호전되었지만 그는 충분한 휴식을 하고 싶다고 했다. 특실은 호화로웠다. 굳이 통역이 필요치 않은 시간에도 그는 웃돈을 얹어주고 나를 불렀다. 배낭여행을 하는 사람치곤 쇼핑백이 많았다. 호텔로 옮겨지지 못한 쇼핑백 속에 무엇이 들어 있는지 궁금했지만 건드리지 않았다. 혹시 남자가 나를 좋지 않은 여자로 오해할까 봐 조심스러웠다. 중국인들의 쇼핑 규모가 어마하다는 소문을 듣기는 하였지만 무얼 사는지, 무엇이 그들 구미를 당기게 하는지 실감이 나지 않았다. 검소하다 못해 빈곤에 굶주린 나는 아빠의 나라에서 쇼핑은커녕 식사 한 끼도 제대로 해본 적이 없었다.

나는 그가 주는 돈만큼 편의를 봐주게 되었다. 종종 남자는 입원실에서 자고 가라고 붙들었다. 나는 그의 부탁에 어쩔 줄 몰라 하며 거절했다. 한 평 남짓한 고시원에서 쪼그리고 자는 것보다 병원 입원실에 있는 것이 나았다. 하지만 동침을 쉽게 허락하고 싶지 않았다. 무엇보다도 사랑하는 마음이랄까 동정심이 전혀 일어나지 않았고, 돈 때문에 싸구려 취급받는 여자가 되어선 안 된다는 게 무엇보다도 큰 이유였다. 이제까지 일을 하면서 터득한 것은 남자에게 여자는 처음처럼 보여야 한다는 거였다. 간호사들은 그와 내가 중국어로 옥신각신할 때마다 귀를 기울이다가 수군거리곤 했다.

고시원은 나를 축소시켰다. 사람 몸 하나 누울 자리가 무덤처럼 갑갑했다. 고시가 사람을 죽이기라도 하는 걸까. 고시를 준비하던 사람들은 일 년에 한두 번 시험을 치르고 실패하면서 조용히 늙어갔다. 시험은 그들을 시험했다. 하다 못한 그들은 고시 공부를 하는 대신에 새벽 두세 시쯤 일어나 봉고차를 타고 어디론가 떠났다. 그러다 해가 남쪽에 높게 걸리면 그들은 다시 나타나 맥주 피처나 플라스틱에 든 막걸리를 들고 오는 것이었다. 그들의 눈은 잡힌 지 오래된 명태처럼 게슴츠레하게 변해 있었다. 그들 사이에 한 칸을 차지하고 관에 맞춘 몸처럼 누워 있으니 낯선 중국인과 한 방에 있는 게 훨씬 이득이었다. 퇴원하기 바로 전날 나는 그의 침대 옆에 눕게 되었다.

그때가 통역원에서 일한 지 2년쯤 된 시기였다. 내가 제출한 아포스티유가 완벽했던지 사람들은 눈치채지 못했다. 하기야 몇 년을 공부한 한국의 석박사도 나만큼 하지 못했다. 그들은 토익 점수와 해외 연수의 스펙이 있는지 물었다. 나는 유창한 한국어로 대답했다.

"증명서를 보세요. 미국의 M주립대학을 중퇴했지만, 중국에서 태어나고 자랐기 때문에 중국어는 사투리도 알아듣죠. 그리고 웬만한 일본어도 가능하구요. 국적은 보시다시피 한국이구요. 절 잘 활용하시면 유리할 겁니다."

대학을 포기한 대신 영어와 일어를 죽어라고 공부했다. 아빠가 엄마에게 선물했던 카세트에 녹음테이프를 넣어서 테이프가 늘어져 더 이상 들을 수 없을 때까지 틀어서 받아쓰기를 하고, 따라 읽고, 암기하는 데 온 시간을 투자했다. 어차피 다른 과목은 필요 없었다. 살아남기 위해서 할 수 있는 일이 이것밖에 없었다. 막상 한국에 도착하니 한국어가 제일 어려웠다. 내가 쓰는 조선족 특유의 어조를 사람들은 금방 알아들었고 그들의 멸시가 가득한 눈빛은 나를 비참하게 했다. 나는 언어부터 극복해나가야 했다.

장춘에서 초등학교를 다닐 즈음 친구들 중엔 나와 비슷한 처지의 아이들이 많았다. 중국 시장이 개방되고 국민들의 해외 진출을 장려하자 아이들의 부모는 배를 타고 멀리 떠났다. 아이들은 대부분 혼자 남아 한 부모나 할머니에게 맡겨진 채로 자랐다. 낡고 더러운 학교에서 유일하게 기쁨을 느꼈던 것은 상상하는 놀이였다. 친구는 부자가 되어 한국에서 일하는 엄마를 모셔 오는 걸 상상했고, 나는 한국에 가서 아빠를 만나는 걸 상상했다. 그래서 그런지 공부할 수 있는 교재가 별로 없었음에도 불구하고 고등학교를 졸업할 즈음 나는 아시아 언어에 있어서는 유능한 인간이 되어 있었다.

한국에서 온 아빠는 중소기업 사장이었다. 아빠는 중국과 북한을 넘나들 정도로 사업 수완이 뛰어났다. 아빠는 다정다감해서 가는 곳마다 현지처를 만들어두었다. 조선족인 엄마는 아빠의 말벗으로 적합했다. 엄마 말로는 아빠라는 남자는 쉬운 요리도, 간단한 빨래도 제대로 하는 게 없다고 했다. 한국 여자들은 남자가 할 일을 남겨두지 않아서 그렇다는 게 엄마의 지론이다. 엄마는 가난한 집안 맏딸로 장춘의 야시장에서 아빠를 만났다고 한다. 엄마는 아빠를 잊지 못했다. 어린 나에게 몇 번이고 아빠에 대한 기억을 이야기하곤 했다. 그 말을 할 때 엄마는 조금 부끄러워했다. 그리고 엄마는 늘 말미에 이 말을 잊지 않았다.

"한나, 나는 아빠와 결혼했다는 혼인 증명서가 없지만 너는 아빠 핏줄이야. 언젠가 아빠를 찾아가야 할 거야. 아빠는 뿌리니까."

엄마는 아빠를 존경했다. 아빠에겐 엄마를 만나기 전에 부인이 있었다. 하지만 정말 사랑한 사람은 엄마였다고…. 물론 엄마가 하는 말은 다 믿을 수도 없지만 내 눈에 비친 엄마는 아름다운 여자였다. 엄마는 아빠의 마지막 현지처였다. 아빠가 사업이 망해 본국으로 돌아가기 전까지, 나는 아빠가 남겨놓은 거추장스러운 실체일 뿐이었다.

아빠가 중국인들에게 사기만 당하지 않았어도 지금쯤 나는 한국이 아닌 중국에서 호화로운 생활을 하고 있을 터였다. 어릴 때부터 보아온 동네 여자들은 치장하기 위해 살아가고 있었다. 그렇다고 살이나 빼는 차원이 아니다. 비싼 우유를 구해 마사지를 하거나 꿀을 개워 얼굴에 바르고 요부가 되기 위한 비방을 전수받으며 하루를 보냈다. 전족의 전통을 가진 여자들은 발을 작게 하기 위해 여전히 작은 신발을 신기도 했다. 고향의 여자들은 오로지 남자를 위한, 남자에 맞춘 삶을 살았다. 어쩌면 나도 그런 삶에 만족하며 살고 있는지도 몰랐다.

엄마가 나를 외할머니에게 맡기고 새로 시집간 나이가 스물셋이었다. 상대는 한족으로 엄마가 몇 번을 결혼했든지 개의치 않고 청혼을 한 모양이다. 외할머니는 다행이라며 하마터면 딸을 먼 이국으로 뺏길 뻔했다는 것이다. 나는 외할머니가 소유하고 있는 백 평 아파트를 팔아 대학에 보내달라고 하고 싶었다. 다 허물어져가는 주택에 살던 할머니가 아빠에게 받은 아파트였다. 할머니는 이제까지 키워준 것만 해도 네 아빠한테 진 빚을 다 갚았다고 했다. 아무래도 할머니는 손해날 장사는 하지 않은 모양이다.

내가 떠나기로 결심한 것은 새아빠 때문이었다. 아직 애송이 같았던 새아빠는 엄마의 친정인 할머니 댁에 들렀다가 잠든 나를 지켜보았다. 엄마와 외할머니가 밭에 나간 사이 새아빠는 내 몸에 장난을 쳤다. 일곱 살 난 내 몸 가장 은밀한 곳을 문질렀다. 흙덩이리를 쪼개듯 빙글거리며 만지작거렸지만 눈을 뜰 수 없었다. 그대로 잠든 척하다가 다시 잠이 들었다. 할머니는 밭에서 돌아오자마자 옥수수며 감자를 쪘다. 그제서야 아무 일도 없었던 것처럼 일어난 나는 엄마의 얼굴을 똑바로 볼 수 없었다. 새아빠는 잘 삶긴 옥수수를 엄지손가락으로 밀어 한 옴큼 모은 뒤 내 입에 넣어주었다. 차진 옥수수 알이 어금니에서 톡톡 터지며 단물을 쏟아냈다. 슬프고도 맛있는 옥수수였다.

소란스럽고 분주한 고함이 바다 한가운데서 들려왔다. 사람을 찾았다는 것이다. 내 가슴은 다시 쿵쾅 뛰었다. 그의 심장이 멈추어 있기를 간절히 바랐다. 앰뷸런스에 실린 그의 모습은 시신에 가깝도록 기척이 없었다. 사람들은 남자와 내가 일행이었다는 것을 알고나 있다는 듯이 떠밀었다. 얼떨결에 구급차에 탄 나는 가방을 꼭 쥐었다. 구조요원은 맞은편 의자에 앉아 그와 나를 처다보았다. 남자는 손발에 쥐가 난 듯 부르르 떨면서도 의식이 있었다. 냉동 고기처럼 꽁꽁 얼어붙은 그의 손이 내 무릎을 만졌다. 남자의 발, 구두가 신겨지지 않은 그의 발이 퉁퉁 불어 있다.

　사람의 목숨은 하늘에 달려 있다던 할머니의 말이 증명되었다. 응급실에 도착한 시각은 오후 여덟 시. 당직 의사는 남자의 눈을 뒤집어보고 청진기를 심장에 대고 있었다. 나는 남자의 불룩한 가슴을 보자마자 고개를 돌렸다. 젖꼭지 주변에 털이 달려 난잡스러워 보였다. 가관인 것은 장미 무늬 문신이었다. 고향에 있을 때 남자들은 날씨가 더워지면 종종 웃통을 벗고 다니던 것이 떠올랐다. 남자가 배를 내놓고 장미로 덮인 젖꼭지를 드러내놓고 걸어 다니는 것을 상상하니 역겨워졌다.

　의사는 별일 없을 것 같으니 걱정하지 말라며 수납부터 하라고 말했다. 나는 그 말을 듣자마자 남자의 뺨을 수차례 두들기며 깨웠다. 돈이 없으니 당신 지갑의 돈을 먼저 쓰겠다는 말을 했다. 남자는 귀찮은 듯 고개를 끄덕였다. 그가 끄덕이지 않아도 빼서 쓸 참이었기 때문에 그의 허락이 떨어지기도 전에 지갑부터 열었다. 지갑에는 조선시대의 귀부인이 영정으로 그려져 있었다. 꽤 두둑하니 이백만 원은 되어 보였다. 계산을 하기 위해 수납대에 서서 응급실 전체를 둘러보았다. 다행히 응급실 안에는 방범용 CCTV가 설치되지 않았다. 이 나라는 거리든 마트든 온통 감시카메라가 지키고 있었다. 범죄가 많아서일까, 아니면 사람들의 일거수일투족을 지켜봐야만 다음에 일어날 일을 예측할 수 있어서일까. 병원과 연결된 복도 끝에 작은 카메라가 보였다. 그것만 조심하면 되었다.

환자를 두고 사라진다면 분명 방송에서든 경찰에서든 나의 뒤를 캘 것이 분명하다는 것을 직감적으로 느꼈다. 다행히 바다 근처 마을이라 그런지 그런 용도로 쓰이는 물건은 보이지 않았다. 내가 남자의 가방을 들고 사라진다면, 그리고 나서 남자가 의식을 찾아 나를 신고한다면 나는 한국이라는 나라에 와서 아빠를 찾지 못하고 쫓기는 신세가 될 것이 뻔했다. 차라리 이대로 남자가 의식을 잃거나 사망한다면 나는 새롭게 시작하는 한나가 될 터였다. 링거액이 줄어들수록 남자의 손과 발은 차츰 따뜻해졌다. 그러면 그럴수록 답답해져왔다. 남자의 지갑에서 돈과 비자카드를 꺼내어 밖으로 나왔다. 해도 저물고 바람도 불어 선선했다. 배가 고팠다. 편의점에 들러 빵과 우유를 샀다. 담배와 맥주도 사서 비닐봉지에 담아 나왔다.

병원 근처 공원은 텅 비어 있었다. 낮의 열기를 받아 그네 바닥이며 벤치가 따뜻했다. 나는 아무리 더워도 앉는 자리는 따뜻한 걸 좋아해서 잘 달구어진 벤치 위에 다리를 쭉 뻗었다. 담배에 불을 붙이고 연기가 사라지는 하늘로 고개를 돌렸다. 문득 고향의 하늘에 있는 별과 할머니가 떠올랐다. 그리고 지금도 젊은 엄마가 그리웠다. 늘 그랬듯이 전화는 하지 않았다. 대화 내용이 똑같기도 같지만 쓸데없는 말 몇 마디에 요금만 늘고, 전화를 끊고 나면 허전해졌기 때문이었다. 엄마는 내가 한국에 가면 금방 아빠를 만날 거라고 생각하고 있었다.

  한 대를 끝까지 피우고 땅바닥에 담배를 눌러 끄는데, 누군가 나를 지켜보고 있었다. 낯이 익었다. 샤기 커트에 흰 남방을 입고 씩씩하게 걷던 남자가 걸음을 멈췄다. 제복과 제모를 벗은 구조요원이었다. 내 심장은 그때부터 두근거리기 시작했다. 새로운 작업이 시작된 걸까?

  그는 다가오기를 멈칫거렸다. 늙은 남자와 같이 있던 여자를 이상하게 생각할 건 뻔했다. 그래서 나는 벌떡 일어나 인사했다. 유창한 한국말로 도와주셔서 감사하다고, 남자는 통역으로 도와주고 있는 어른이라고 선수를 쳤다. 요원의 경계는 한순간에 풀어졌다. 나는 무엇보다도 내 얼굴에서 나오는 순진함을 이용했다. 소의 눈처럼 커다란 눈과 속눈썹, 짙은 갈색의 눈망울에 사람들은 속았다. 내가 도대체 무엇을 생각하는지 알 턱이 없다. 미래 시대에 사람의 표정과 시선, 미세한 떨림만으로 사람의 뇌를 읽는다면 큰일이다. 나처럼 살아남기 위해 겉과 속을 바꿔야 하는 사람에게 너무나 불리한 일이 될 것이다. 엄마의 화장대 앞에 서서 눈을 동그랗게 뜨고 눈물을 흘리는 연기는 쉽지 않았다.

요원은 근무지에서 멀지 않은 곳에 오피스텔을 정해 투숙하고 있었다. 퇴근길이라고, 앰뷸런스 차량 안에서 처음 볼 때부터 낯설지 않았다고, 숨을 참으며 말했다. 한 번 더 보고 싶었다는 그의 말이 살짝 우습기도 했다. 일단 미끼에 걸린 게 틀림없었다. 왜 그랬냐고, 왜 보기를 원했냐고 부끄러운 듯 물었다. 요원은 내가 너무 작고 바스라질 것 같아 보호해야 할 것 같은데 수상한 중국인과 함께 있었던 것이 마음에 걸렸다고 했다.

사실 나는 중국에 있었을 때만 해도 작지만 통통했다. 가슴에 살이 오르고 엉덩이가 제법 토실해지자 동네 총각들과 아저씨들의 눈빛이 변했다. 첫 생리를 시작하면서 통증과 생물적 현상이 생겼다. 아무도 가르쳐주지 않았던, 이상하면서도 동물적인 욕구를 이해할 수 없었다. 그랬던 내가, 아빠의 나라로 와서 이 나라 여성들이 추구하는 다이어트를 한 것처럼 뼈만 남은 꼴이 됐던 것이다. 이국으로 건너오려고 설친 밤만큼 이국에서의 밤은 편하지 않았다. 한 번도 잠다운 잠을 자지 못한 내 몰골은 퀭해 보였을 것이다.

나는 요원을 잡기로 마음을 굳히고 요원에게 잘 만한 곳을 물었다. 요원은 민박집이나 모텔을 추천하다가 아무래도 그런 곳에 혼자 재우기가 그렇다며, 괜찮다면 자신의 오피스텔에서 머물면서 환자의 상태를 지켜보면 어떻겠냐는 의견에 실소할 뻔했다. 고마움과 미안함의 표시로 절을 했다. 그리고 어쩔 수 없이 따라나선다는 몸짓으로 요원의 뒤를 종종걸음으로 쫓아갔다. 요원의 뒷모습은 군살 하나 없는 삼각자처럼 어깨가 쩍 벌어졌다. 성큼성큼 걸어가는 요원의 다리는 전봇대처럼 길었다. 요원은 한 번씩 내가 잘 따라오는지 확인하면서 자신의 오피스텔로 갔다. 네 개의 비밀번호로 오피스텔은 쉽게 열렸다. 나는 그가 짚는 번호를 외웠다.

오피스텔은 바닷가 마을에 새로 지은 건물이라 깨끗해서 마음에 들었다. 소파도 그렇고 옷장도 두 개 있는 것이 맞춤이었다. 무엇보다도 복층이라 아래층은 거실로 쓰이고 위층은 침실로 나뉘어 둘이 있기엔 금상첨화란 생각에 속으로 환호를 질렀다. 소파에 앉은 나는 검은 봉지에서 빵과 우유를 꺼내 먹었다. 요원은 미처 나의 배고픔을 확인하지 못한 것이 큰 죄인 양 당황스러워했다. 사고 이후 아무것도 채워주지 못했던 위는 빵 한 조각, 우유 한 모금이 넘어가자 꿀렁꿀렁 춤을 추었다. 꾸르륵 소리에 민망했지만 요원은 못 들은 체하며 냉장고에서 시원한 음료를 내주었다. 포만감이라 할까 내 것을 만났다는 편안함인지 잠이 쏟아졌다. 요원이 내준 침대는 포근했다.

눈을 뜨자 아침 아홉 시였다. 요원은 출근하고 없었다. 어느새 빵과 달걀 그리고 우유를 식탁에 차려놓았다. 그 옆에는 세모로 접힌 쪽지가 놓여 있었다. 나보다 잘 쓰지 못한 글자체가 삐뚤삐뚤 갈매기가 쌍으로 날아가고 있었다. 몇 자를 읽고 나는 피식 웃고 말았다. 퇴근할 때 맞이해줬으면 한다는 내용이었다.

나는 옷을 벗고 샤워했다. 시원한 물이 머리부터 발끝까지 쏟아져 내렸다. 살 것 같았다. 요원이 쓰는 바디워시는 향기로웠다. 머리에 남아 있는 모래 알갱이는 거품에 쏙쏙 빨려 나와 수채 속으로 빠져나갔다. 꼭지에서 쏴 하고 떨어지는 물방울이 얼굴을 마구 때렸다. 애무하듯 떨어지는 물줄기가 어깨부터 가슴, 엉덩이, 발끝으로 강물처럼 흘렀다. 혀를 쭉 뽑아 입안을 헹궈 뱉어 내고 있을 때였다. 초인종 소리가 들렸다.

누군가가 방문하기에는 이른 시간이었다. 잠시 샤워 밸브를 누르고 귀를 기울였다. 화장실 안쪽에 달려 있는 샤워부스에서 문까지는 두 걸음밖에 되지 않았다. 나는 내가 움직이는 소리로 나의 동태를 알려주고 싶지 않았다. 고시원의 문은 방음이 되지 않았다. 허기 때문에 밤 12시가 넘어 마트에 가기 위해 복도를 지나갈 때면 사람들은 제각기 소리를 내었다. 잠꼬대라고 하기에는 심각한 괴성과 헐떡거리는 소리 그리고 전화하는 소리까지 소란스럽게 문밖으로 흘러나오곤 했다. 그들이 뒤척이는 소리까지 모두 들어야 하는 건 지독한 소음이었다. 그래서 나는 문안에 있을 때 문밖에서 들을 나의 소음에 조심했었다. 문밖의 소리가 사라지기만을 기다려 꼼짝없이 서 있었다.

나는 가만히 숨을 죽였고 문밖의 사람은 서성거리는 소리를 냈다. 택배일까, 얼른 문을 열고 받아둘까, 혼자 신경전을 벌이면서도 문을 열어주지 않았다. 디귿 자로 차곡차곡 개어진 수건을 한 장 꺼냈다. 머리에 감싸면서 욕실 부스를 둘러보니 모두 여성용이었다. 부지불식간에 남자가 떠올랐다. 남자는 유난히 많은 머리털과 가슴털 그리고 음부를 덮은 곱슬곱슬한 털을 부드럽게 하려고 여성용 샴푸와 세정제를 사용했다. 그리고 몸에서 나는 돼지기름처럼 끈적끈적한 냄새를 지우기 위해 샤넬이나 안나수이 향수를 시도 때도 없이 뿌려댔다. 덕택에 내 몸에서는 언제나 장미향이나 박하향, 기분에 따라 그날 밤은 침실이 온통 난향으로 정신이 혼미해졌다.

  끊어졌던 벨 소리가 두 번째 울렸다. 나는 타월로 앞만 가린 채 모니터 앞으로 다가갔다. 문밖의 사람은 일부러 문을 열어주지 않는 것을 눈치챈 듯 돌아서고 있었다. 환영받지 못한 방문자의 뒷모습은 긴 생머리를 한 어린 여자였다. 풀이 죽은 듯 어깨가 처진 여자는 엘리베이터를 향해 걸어가고 있었다. 그녀가 완전히 떠났음을 확인하자 내 마음은 마른 땅을 파헤치는 곡괭이처럼 쿵쿵 울렸다. 예기치 않은 일에 생긴 반응이었다. 몸을 타고 내려온 물이 뚝뚝 흘러 바닥이 흥건해졌다. 음악 소리가 완전히 꺼지지 않은 화면을 그대로 두고 천천히 욕실로 돌아와 드라이기를 돌렸다. 뜨거운 바람으로 머리카락 뿌리까지 한 올 한 올 말렸다. 물기는 바짝 달아났다.

누드인 채 꼼꼼히 화장수를 바르고 다시 거실로 나왔다. 소파에 걸쳐진 가운을 대충 걸쳤다. 그리고 여태 둘러보지 못한 실내를 훑기 시작했다. 요원이 쓰는 수첩, 찻잔, 연필, 지우개, 메모지, 이런 소소한 것부터 상패와 감사패 그리고 장식품까지 꼼꼼히 살펴보았다. 그것은 내 삶의 방식이고 습관이다. 한 사람을 가까운 곳에 두고 보는 것, 만지는 것은 그 사람의 체취와 삶의 방식이 담기기 마련이다. 그것은 내게 중요한 정보이다. 나는 그것들의 의미를 빨리 알아내고 해석해서 재활용하곤 했다. 만약 그런 감각과 직관이 없었더라면 머나먼 고향에서 떠나와 어떻게 이 각박한 아버지의 나라에 살 수 있었겠는가.

그런데 보조 테이블 한쪽 구석의 인형이 눈에 띄었다. 하얀 웨딩드레스를 입고 두 손 가득히 부케를 안고 가슴에 대고 있는 신부 인형이었다. 짝이 없는, 그러니까 신부 곁에는 신랑이 없었다. 나는 요원에 대해 각별한 신경을 써야겠다고 마음먹었다. 핸드백에는 쓰고 남은 휴대용 화장품이 있었다. 평소보다 더 세심하게 화장을 해야 했다. 눈 화장을 할 때 나는 언제나 어릴 적 키우던 백문조의 눈을 기억했다. 눈알을 감싼 테두리가 검은색이어서 아름다웠다. 나는 아이라인을 검고 짙게 둘렀다. 갈색 눈동자가 검은 머루처럼 짙고 말랑말랑해 보였다. 나는 젊고 착한 요원의 마음에 들기 위하여 정성을 들였다. 이제 다 온 것도 같았다. 깨지고 부서졌던 나날들이 험했었다고, 이젠 휴식이 필요할 때라고 위안했다.

그 전에 응급실에 남은 남자를 만나야 했다. 악어와 악어새처럼 필요에 의해 공존한 것뿐이라고, 내가 획득한 자산에 대해 공고히 해둘 필요가 있었다. 남자와의 관계가 그랬었다. 일년 전 남자가 퇴원하는 날, 그는 호텔까지 동행을 원했다. 말이 호텔이지 서울 외곽의 호텔은 모텔보다 더 나빴다. 다행히 고시원과 지하철로 세 정거장밖에 걸리지 않았다. 남자는 묵은 호텔에는 갖가지 물건들이 쌓여 있었다. 그가 하는 일은 무역이라고 했다. 취급하는 품목들은 모두 유명 브랜드였다. 인터넷 매장을 운영할 사람을 물색하고 구매 요청이 들어오면 남자는 중국에 있는 가내 수공업자에게 이 일을 맡겼다. 저렴한 인건비로 분업화를 통해 소량만 만들었다. 남자는 국경의 경계를 넘나들며 인건비의 차액과 차별화된 희소성의 카테고리로 상품을 생산해냈다. 남자는 사람의 손가락을 숭앙했다. 언젠가 그는 로봇에 사람의 손가락을 단다면 섬을 살 만큼 부자가 될 것이라 했다. 진시황 시대의 병마용처럼 모래알 같은 인구를 자신이 먹여 살린다며 호탕하게 웃을 때는 가끔 그의 입을 막아버리고 싶었다.

남자는 나를 통해 모든 것을 해결했다. 물론 그가 공짜로 나를 이용한 것은 아니었다. 나는 일한 만큼 대가를 요구했다. 일은 일이고 사랑은 사랑이라는 이유로 나는 내 가치가 저평가 되지 않도록 세심하게 애를 썼다. 일 때문에 생기는 비용은 조목조목 따져서 청구했으며, 남자를 만났기 때문에 다니던 일을 그만두었다는 핑계를 댔다. 그리고 살고 있는 집도 고시원이 아니라 원룸이며 곧 대학원을 졸업하면 중국으로 돌아가 대학 강사를 할 것이라고 각인시켜놓았다. 남자는 믿는 눈치였다. 나는 남자보다 터무니없이 어린 나이를 주 무기로 삼았고, 고급 인력일수록 상한가이며 그와 함께하는 이유가 돈 때문이 아니라는 것을 확인시킬 필요가 있었다. 남자는 내 과거와 현재 그리고 미래까지 의심하지 않았다. 결혼을 전제로 함께하진 않았지만 곧 결혼을 해야 할 만큼 사랑하는 사이가 되었다고 믿어주었다. 그의 비자카드에서는 매번 고액의 현찰이 출금되었고 나는 양심의 가책 없이 내 통장에 집어넣었다. 이미 나는 고향으로 돌아갈 생각이 없었으므로 남자에게 집을 요구했다. 한국에서는 목숨보다 더 가치 있는 것이 집이라는 걸 남자도 아는지 남자는 집을 구해줬다. 어쨌든 동산보다 부동산은 유동되지 않는 안정된 자산이고 나날이 치솟는 땅값만큼 가치가 있었다. 물론 인감은 내 것으로 했고 여대 앞의 작고 아름다운 양옥집이었다.

남자는 거북스러운 배를 실룩이며 즐거워했다. 남자는 집을 정리하던 첫날부터 집요하게 내 꽁무니를 쫓아다녔다. 낮에는 내가 따라가야 했지만 밤에도 그냥 두지 않았다. 뱀처럼 엉겨

붙어 있어야 잠이 들었고, 그의 몸을 떼어내려면 땀을 뻘뻘 흘려야 했다. 문득 아빠가 떠올랐다. 아빠도 이랬을까. 꽃잎 같은 엄마를 사랑한 걸까, 아니면 탐욕 때문에 엄마를 가진 걸까. 엄마는 아빠가 엄마를 진심으로 사랑했다고 말한 적이 있다. 나도 그때는 그렇게 믿었고 아련한 아빠의 그림자가 그리웠다. 하지만 지금은 그것이 아닌 것 같았다. 정말로 아빠가 사기를 당해 사업이 망했던 것인가에 대한 끊임없는 의문이 일었다. 아빠가 진정성을 가지고 엄마를 만났다면 망했다 하더라도 살고 있는 곳을 알려야 했고 연락을 끊지 말았어야 했다. 나는 하루 종일 엄마와 아빠 생각에 머리가 아팠다. 마침내 내린 결론은 아빠가 엄마와 나를 버렸다는 것이었다. 나도 아빠처럼 얼른 남자를 떼어버려야겠다고 생각했다.

　남자는 응급실 침대에 반쯤 기대어 앉아 있었다. 그의 침대 머리 쪽엔 한글로 '리쫘펑'이라고 자그맣게 쓰여 있었다. 황급히 뛰어가 그의 곁에 서자 그는 눈곱이 덜 떨어져 게슴츠레한 눈으로 나를 보았다. 나는 남자의 손을 꼭 잡고 어루만져주었다. 하룻밤 새에 그의 얼굴에 주름이 더 짙어지고 턱수염으로 지저분해져 있었다. 당신 옆에서 자기엔 너무 불편해서 인근 모텔에서 잠시 눈을 붙이고 왔으며 밤새도록 이런저런 생각으로 제대로 잠을 이루지 못하였다고 말했다. 내가 보호자인 줄 여기는 간호사는 어느새 우리 곁에 다가와서 영양제를 더 맞겠냐고 말했다. 나는 남자에게 묻지도 않고 필요 없다고 말했다. 남자는 시장기를 느끼는지 자신의 배 위에 내 손을 올렸다. 그의 배에서 꿀렁꿀렁한 창자가 뒤틀리고 있는 것 같았다. 그러더니 불쑥 내 손을 잡아채 그의 허벅지 사이로 집어넣었다. 나는 진저리 칠 정도로 놀랐으나 아무 일 없다는 듯 손을 쏙 빼내었다. 무슨 일에서든 끝이 중요하다는 것이 내 짧은 삶 속에서 경험한 바였다. 그에게서 획득한 자산을 지키고, 좋게 그에게서 떨어져 나오는 것만큼 지금 중요한 것은 없었다.

 병원 인근에는 죽집이 많았다. 나는 "죽을 먹을까?" 하고 물었다. 남자는 양고기가 먹고 싶다고 했다. 나는 그와 많은 시간을 나누고 싶지 않았다. 마지막 식사를 간단한 죽으로 요기하고 그를 떠나보내려고 마음먹었으므로 초조해졌다. 남자에게 양고기는 흔치 않으므로 죽으로 하자고 구슬렸다. 남자는 순순히 내 말에 수긍하면서 다음에 낫거든 양고기와 고량주를 함께하자고 했다. 남자와 나는 죽집에 들어가 죽을 시켜놓고 후후 불면서 죽을 먹었다. 남자는 쩍쩍 달라붙는 죽을 맛있어 죽겠다는 듯이 퍼먹고 숟가락도 쪽쪽 빨아먹었다. 바닥까지 달달 긁어 먹고 나자 기운이 나는지 어제의 일들을 끄집어냈다. 죽을 뻔했을 때 한나 당신이 생각났다며, 오로지 당신을 남겨놓고 죽을 수 없었다고 말하는 동안 나는 내 표정이 점점 일그러지는 것을 느꼈다. 남자가 나의 변화를 알아채지 못하게 발가락에 힘을 주었다. 드디어 올 것이 왔다는 생각이 들자 나는 핸드백에서 서류를 꺼냈다. 합격 증서였다. 학교 이름 가운데에 학장의 사인이 정확히 들어가 있고 상단에 빨갛게 게인까지 찍힌 위조 서류를 조심스럽게 펼쳤다. 언제고 기회만 되면 써먹으리라 생각했던 서류들은 완벽하게 수정하여 공증인조차 속을 정도가 되었다.

남자는 한숨을 쉬는가 싶더니 위조 서류를 반으로 탁 접어서 쓰레기통에 집어넣었다. 이미 외국어에 능통한데 굳이 '관동외어대학'은 뭐 하러 갈 거냐, 우리에겐 너무나 많은 돈이 있고, 돈만 있으면 되지 무엇을 원하느냐고 언성을 높였다. 식당에 있는 손님들은 우리를 이상한 눈초리로 보고 있었지만 무슨 말인지 알아듣지 못해서 다행이었다. 남자는 어디서 그런 행동을 배웠는지 식탁 밑으로 짧은 다리를 뻗어 내 종아리에 쓱쓱 비볐다. 나는 더 이상 그런 역겨운 행동을 받아들일 이유가 없기 때문에 툭 찼다. 남자는 그것도 귀여운 행위인 양 차인 다리를 쭉 뻗어 발을 내 허벅지에 올리더니 치마 밑으로 발가락을 집어넣었다. 나는 쓰나미처럼 분노가 치밀어 올라 엉덩이를 뒤로 밀어 의자를 뺐다. 의자의 발에서 삐그덕 하고 거친 소리가 났다. 벌떡 일어선 나는 남자에게 이별을 선언했다. 거의 동시에 남자는 큰 목소리로 깔깔대며 웃었다. 그러고는 나에게 이렇게 말을 하는 것이었다.

"한나, 너 참 우스운 사람이구나, 똑똑한 줄 알았더니. 그럼 할 수 없지. 내가 너한테 준 돈은 환수해야겠어. 사업상 좋은 친구였는데 어쩔 수 없군. 일어나자. 나는 어차피 돈의 노예이고 돈만 있으면 얼마든지 내 혀가 되어줄 사람을 구할 수 있으니까."

그의 말 중 돈의 환수에 대해 궁금해졌다. 그게 무엇일까. 그에게서 받은 현금은 통장에 꽂아두었고, 여대 앞의 집은 내 명의로 되어 있을 텐데. 괜한 그의 압박에 놀아날 내가 아니었다. 의자를 끌어당겨 다시 앉았다. 그 말이 뭐냐고, 무슨 말로 나를 협박하더라도 당신과 헤어져 혼자 살아갈 것이며, 이미 등기까지 한 재산을 무슨 수로 빼앗을 거냐고 했다. 남자는 허리를 굽히더니 쓰레기통에 손을 넣어 좀 전에 던졌던 서류를 집어 들고 구겨진 종이를 하나하나 펼쳤다. 그러면서 의미심장한 말을 했다.

"이건 진짜일지 몰라도 매매계약서는 짝퉁이야. 부동산 업자도 돈 주니까 말 잘 듣던데? 돈으로 뭐든 살 수 있지. 장기도 매매되는 거 알지? 결국 돈을 가진 자가 생명도 더 가지는 거지. 아쉽지만 네가 원한다면 결별하자는 데에 동의를 하지."

남자는 손을 내밀었다. 악수를 하자는 거였다. 혈기를 찾은 남자의 손은 끈적끈적하면서 뜨뜻했다. 남자는 나의 손을 한 번 꽉 잡았다가 놓았다. 남자는 계산대 앞에 서서 지갑을 꺼냈다. 누런 지폐를 꺼내 계산을 치르고 남는 돈은 그냥 가지라는 제스처를 하자 종업원은 '셰셰'를 연신 외치며 절을 했다. 먼저 문을 열고 나가는 나에게도 헤헤거리며 비굴한 웃음으로 배웅했다. 남자와 나는 죽집 앞에서 서로 마주보았다. 더 할 말이 필요 없었던 걸까. 남자와 나는 택시 승강장을 찾아 길을 따라 걸었다. 남자는 후유증이 남아 있었던지 뒤뚱거리며 걸었다. 스무 해나 차이가 나는 그와 나는 아빠와 딸같이 보였다. 나는 남자가 택시를 타고 떠나면 즉시 요원의 오피스텔로 돌아갈 생각으로 마음이 바빠져왔다.

'엄마가 아빠에게 배웠다던 된장국을 끓일 것이다. 햇반을 사서 끓는 물에 데우고 포장 김치를 차려놓으면 요원은 나를 아내로 받아들여야 할 거야.'

나는 드디어 기나긴 나쁜 여정을 벗어나 정리되고 새로운 삶을 살게 될 것에 희열을 느꼈다. 승강장에는 도시로 돌아갈 사람들의 줄이 늘어서 있었다. 비록 내가 먼저 결별을 선언했지만 내 마음 한 모서리에서는 알 수 없는 어떤 단단한 것이 조금 파이는 듯한, 차갑고도 싸늘한 슬픔이랄까 그런 따끔한 통증도 찌릿했다. 나는 남자의 등짝에 가슴을 붙이다시피 밀착했다. 그가 뒤돌아서더니 홱 돌아서버렸다. 약삭빨랐다. 남자는 나에게 아무런 애정도 남아 있지 않았다.

이제 앞에 있는 두 사람만 택시를 타면 그의 차례다. 내 이마에는 긴장으로 인한 식은땀이 삐죽삐죽 올라오고 있었다. 그에게 무슨 말을 하려다가 입을 다물어버렸다. 반대쪽 도로 건너편의 낯설지 않은 풍경에 눈이 시렸던 것이다. 뜨거운 태양에 이글거리는 열기를 뿜는 차도 때문은 아니었다. 보도블록 위를 걸어가는 청년은 분명 요원이었다.

  나는 내 눈을 의심하며 끔벅거렸다. 요원의 팔에는 내 나이 또래 여자가 팔짱을 끼고 있었다. 그들은 세상 뭐가 그리 즐거운지 웃고 떠들면서 걷고 있었다. 시간은 벌써 정오가 넘었다. 점심을 같이 먹기 위해 여자가 찾아온 모양이었다. 택시가 와서 또 한 사람이 타고 떠났다. 요원과 여자의 발걸음이 빨랐던지 사람들과 섞여 더 멀어졌다. 나는 현기증이 났다. 나는 땅이 흔들릴 것 같은 어지럼과 혼란으로 그냥 서 있을 수 없어서 바다를 향해 뛰었다. 뜨겁게 달궈진 머리와 얼굴, 이마와 귀밑머리에서 땀이 흘러내렸다. 입술을 적신 땀과 눈물이 그토록 짜게 느껴지다니, 달리는 와중에도 너무 슬펐다.

  내 몸은 어느새 하얀 모래로 뒤덮인 백사장에 누워 있다. 뜨거운 태양이 갈증을 일으킨다. 어릴 적 친구와 고향 그리고 엄마의 얼굴도 둥둥 떠다닌다. 얼굴을 모르는 아빠의 얼굴도 찾아본다. 저 멀리서 파도가 밀려온다. 파도는 수천 수만 개 모래알로 만들어진 인형을 바다로 데려가고 있었다.

젤리팜

그녀의 어깨 위로 붉은 도마뱀이 올라탔다. 성체가 된 쥬는 그의 주황색 표피와 묵직한 무게로 자신의 존재감을 드러냈다. 그녀가 삼 년째 키우는 케코 종은 두 마리였고 쥬, 쥬빙이라는 이름을 지어주었다. 외로울지 몰라 처음부터 두 마리를 샀는데 여자는 주로 수컷인 쥬를 핸들링했고 그녀의 남자 친구는 쥬빙을 갖고 놀았다.

남자 친구 혁은 쥬빙의 속눈썹을 사랑했고 볼 때마다 감탄했으며 그녀의 봉긋한 뱃살과 야무진 발가락을 귀여워했다. 그러나 결코 혁은 슈퍼푸드를 사 온다거나 애인이 키우는 사육장 청소를 대신 해준다거나 하는 일은 없었다. 사랑과 일은 철저히 구분 짓는 편이었다. 혁은 애인의 취미를 존중했고 가끔 쥬와 쥬빙이 보는 앞에서 여자의 피부를 혀로 핥아줌으로써 사랑을 표현했다. 여자는 혁의 애정에 대해 의심이 많았지만, 자신에게 쏟는 애무가 진지했기에 행복했다. 그 행복이라는 것도 아무 문제가 없을 때의 일이다.

여자는 가끔 행복이 무엇인지 곰곰이 생각해보았다. 희망이라든가 절망감이 본래 없어서 행복하다는 느낌이 들지도 모른다는 생각에 공포감이 들었다. 무엇에 갇힌 듯 갑자기 주위가 어둡다고 느껴졌다. 쥬가 앞발을 들어 그녀의 목을 내리쳤다. 처음이었다. 그녀는 쥬를 떼어내 손바닥에 놓고 노려보았다. 그의 눈알이 벌겋게 달아오르고 사나운 이빨이 튀어나와 자신을 갈기갈기 찢을 것만 같았다. 예상치 못한 쥬의 행위에 여자의 머리가 쭈뼛해지고 이마부터 팔뚝까지 가느다란 전기가 흐르는 것 같았다. 그녀는 양손으로 쥬를 꼭 잡았다. 세게 잡은 탓에 젤 매니큐어를 한 손톱이 쥬의 사타구니를 꼬집게 되었다. 쥬는 동그랗게 말리더니 오그라들었다. 그녀는 이때다 싶어 바닥에 던지듯 내려놓았다. 쥬를 만지고 싶은 생각이 더 이상 들지 않았다. 쥬는 딱딱해진 몸체를 펴고 네 다리를 쭉 펼쳐 원래의 부피보다 더 크게 만든 뒤 그만의 도피처로 슬금슬금 기어갔다.

혁은 가끔 케코 도마뱀인 쥬와 자신이 헷갈린다고 했다. 그는 지퍼를 내려 자기 페니스를 여자에게 내어 보였다. 여자가 쥬에게 하듯 핸들링하자 혁은 여자의 머리를 힘껏 눌렀다. 여자는 페니스를 어떻게 해야 하는지 무섭다고 했다.
"내 이빨이 이걸 자르면 어떻게 해?"
그러면 혁은 조금 진지해졌다.
"괜찮아. 그럴 일은 절대 없어. 아이스크림을 혀로 쓸어 먹는다고 상상해봐."
여자의 얼굴이 빨개졌다. 갑자기 웩웩 하며 구역질했다.
"너는 할 줄 아는 게 뭐가 있니?"
혁은 사그라든 페니스를 사각팬티에 넣어두고 시무룩해졌다. 여자는 싱크대에 뛰어가서 입을 헹궜다. 쥬빙이 그녀의 마음을 이해하는지 긴 속눈썹을 까딱이며 싱크대 위 벽에 딱 붙어 있다. 유리 벽에 가두고 키우지 않아서 그들은 자유로왔다. 물론 그 자유도 여자가 만든 잣대이긴 하다.
여자는 쥬와 쥬빙이 이곳을 빌라 콘크리트가 아닌 열대우림으로 착각하길 바랐다. 가끔 벌어진 문틈으로 현관을 나간 쥬가 꼼짝 못 하고 벽에 달려 있으면 집배원이나 택배 기사가 "컥" 소릴 지르고 경비실에 신고했다. 처음엔 경비 아저씨가 여기가 동남아도 아니고 웬 도마뱀이냐며 기겁했다. 긴 대빗자루를 가져와 쓸려고 했을 때 여자가 뛰어나와 구조했다. 다행히 여자는 소리에 민감했다. 이후로 여자는 쥬에게 주던 열대 과일을 경비실에도 상납했다. 아저씨는 그런 그녀가 딸 같다며 파충류를 키울 때 문밖에 나가지 않도록 조심해야 한다고 타일렀다.

　그녀는 아저씨의 말에 전적으로 동의했다. 태어나서 처음으로, 그것도 혼자 태국 카오야이의 허름한 콘도에서 작은 도마뱀을 보고 소스라친 적이 있다. 태국 사람들은 아주 흔한 일이라며 대빗자루를 가져와 스윽 쓸어버렸다. 그것보다 더 험한 것은 벽에 붙은 도마뱀을 잡아먹으려고 시도 때도 없이 펄럭거리던 까마귀다. 상상만 해도 징그럽다. 그런 소름 끼치던 장면과 달리 그녀가 키우는 크레스티드 게코는 애초 야생의 생태계와 구별되며 그녀의 보호를 받고 있다. 동물의 세계에선 피식자보다 포식자가 항상 더 많은 법이다.

　여자는 점점 성체가 되어가는 쥬와 쥬빙을 위해 빌라에 무슨 장치를 해야겠다고 생각했다. 저번에 혁이 자동차 인테리어점을 간다길래 같이 가자고 했다. 완벽한 차박을 위해 신형 SUV를 구매한 혁은 신이 나 있었다. 여자는 혁이 그냥 풍경을 구경하고 좋은 공기를 마시며 잠만 자려고 차를 구매한 것이 아니라고 믿었다. 얼마 안 있어 날 좋을 때 차박하러 가자고 문자가 올 것 같았다. 그녀는 그가 모든 것을 다 말해주지 않는다는 것을 잘 알기에 나름 미리 준비해야 했다. 언젠가 느닷없이 출발을 선언해도 문제가 없어야 했다. 사람 없는 환경에도 그들이 살 수 있어야 한다고 믿었다.

　그녀는 자신의 소유도 아닌 빌라에 자꾸만 돈을 들여 개조해나갔다. 집에 막 들어서면 옷부터 벗어야 할 정도로 덥다. 초록으로 가득 찬 거실에서 비릿한 물 냄새가 일렁이는 것 같았다. 그도 그럴 것이, 얼마 전에 마련한 대형 수조가 거실 한가운데 딱 버티고 있고 거실 벽과 기둥들 사이엔 사료 공급기가 부착되어 있다. 거실의 온도는 이십육 도를 유지하고 습도는 사십오 퍼센트로 맞췄는데 그것으론 뭔가 부족했다. 뭔가를 자꾸 주문해야 불안하지 않았다. 쿠팡에서 열대식물이 곧 도착할 거란 메시지를 받았다. 그리고 집으로 금방 돌아올 상황이 안 되면 그들을 감시할 블랙박스도 필요했는데 쥬보다 쥬빙이 걱정된 그녀가 큰맘 먹고 쇼핑한 물건이었다. 그녀는 카드값이 초과하는 데에 걱정됐지만 핸드폰과 연동되는 시스템에 만족했다.

  사실 그녀는 피시방에서 아르바이트하며 생계를 유지하고 있다. 하루 일곱 시간을 근무하면 최소 이백은 준다는 사장의 말에 신뢰가 갔다. 사장은 여자보다 나이가 어렸다. 그냥 어린 게 아니라 알고 보니 열 살이나 어렸다. 아직 이십 대 중반인 사장은 고등학교를 졸업하기도 전에 학교를 때려치우고 아르바이트해서 성공한 사례라고 스스로 자랑질해서 여자는 조금 언짢았다. 그 나이에 여자는 독립할 생각은 꿈에도 꾼 적 없었다. 정해진 나이에 의무로 정해진 학교에 가고, 레벨에 맞는 적정한 학교로 진학하는 게 정상이었다. 적어도 이 세계는.

그런데 막상 학교를 떠나서 직업이란 걸 찾을 때 여자에게는 자신의 레벨에 맞는 직업이 없었다. 그녀는 그때 처음 현기증을 느꼈다. 마치 풍랑에 휩쓸린 갈매기처럼 바다 한가운데서 둥둥 떠다니는 기분이 들었다. 사장은 그녀를 뽑을 때 큰 가슴과 가느다란 허리, 볼륨 있는 엉덩이가 남자 손님을 유혹하기에 제격이라며 후한 점수를 주었다. 그녀와 함께 면접을 온 여자는 앞뒤로 밋밋했지만 어리고 예뻤다. 그녀는 붙고 어린 여자가 탈락한 이유를 나중에 들었다. 사장 말은, 게임하느라 얼굴을 쳐들 시간이 없다는 거였다.

여자는 게임하는 남자들이 알타미라 동굴 벽화에 그려진 남자들로 보였다. 화살 대신 마우스로 동물 대신 캐릭터를 공격하는 수컷. 그녀는 자신의 장점을 잘 알고 있었다. 출렁이는 유방을 강조하기 위해 최대한 짧은 탑을 입었고 치마 또한 찰랑이면서 딱 달라붙는 재질로 인터넷에 주문해놓았다. 손님보다는 사장에게 밉보이지 않으려는 작은 노력이다. 이번에 또 잘리면 그녀의 생계는 막막했다.

혁이 게임에서 큰돈을 땄을 때 그녀에게 준 팁은 적지 않았다. 혁을 만나고 나서 그녀의 인생도 턴했다고 혁은 종종 말했다. 그녀가 고개를 갸우뚱하자, 혁은 말을 바꿨다. 자신이 그 많은 피시방을 놔두고 여기에 온 것은 행운을 감지했기 때문이며 마침 그녀가 그의 삶에 생기를 줬기 때문이라고 했다. 처음에 그녀는 그것이 칭찬이라고 생각했다. 하지만 그가 게임머니를 크게 잃은 날은 그녀의 생기를 뺏으려 안간힘을 쓰는 것 같았다. 일을 마치고 지친 그녀를 끝까지 기다렸다가 모텔로 가서 섹스를 치러야 집으로 돌아갔다. 그는 유부남이었고 아들딸 가진 남부럽지 않은 가장이다. 여자가 물었다.

"자기는 뭐가 아쉬워서 게임해?"

"심심해서."

"뭐가 심심해. 가족이 있잖아."

"재밌지 않아. 너무 평이해, 사는 게. 게임처럼 치고받는 재미가 없잖나?"

"게임은 사실이 아니잖아?"

"넌 뭘 모르는구나. 인간의 뇌는 환상 때문에 사는 거야. 인간의 뇌가 알고 보면 파충류에서 그리 진화하지 못한걸. 너 네이버 지식에서 검색해봐."

"그렇다고 수백만 원씩 도박하는 건 심하지 않아?"

"내가 수억 날리는 거는 아니잖니. 고작 해봐야 일이천. 딸때도 많고. 마누라 명품백 이런 거 다 게임에서 딴 돈으로 사준다. 그러면 와이프가 뭐라는 줄 아니? 그런 거 필요 없다고 집에나 일찍 와서 애나 봐달래. 난 정말 피곤한데, 스트레스를 풀 길이 없단 말야. 지긋지긋하지 않니? 사는 게."

여자는 도무지 혁을 이해할 수 없어서 물었다.

"그럼, 가정이 필요 없는 거네. 여기서 이럴 거면."

"그럼 넌?"

"나야 능력이 없으니까. 얼굴이 이쁜 것도 아니고 머리에 든 게 많은 것도 아니고. 우리 부모가 내게 준 전 재산은 가슴과 엉덩이뿐이라고."

"그러니 얼마나 다행이냐? 그런 것도 없는 애들이 수두룩해."

"나 조금만 더 있으면 생식 능력조차 없어질 수 있어. 이젠 나도 아이를 갖고 싶어."

"뭐?"

"임신해서 애를 낳고 싶어."

"누구 애를?"

"당신."

"하필 왜 나야."

"당신밖에 없으니까. 정말이야. 나도 내 몸에 생명을 잉태하고 싶다고."

혁은 어이없는 표정을 지으며 권고 비슷한 걸 했다.

"그러려면 여길 떠나."

여자의 표정이 환해졌다.

"그러려고."

그녀의 대답이 떨어지기도 전에 주워 담듯이 혁이 말했다.

"그런데 난 생각이 없어. 이미 결혼했고. 애도 둘이나 돼."

"알아."

"그러면."

"혼자 임신해서 혼자 길러보게."

"그게 가능해?"

"도마뱀은 그게 가능하대."

혁은 한심하다는 표정을 지으며 말했다.

"네가 도마뱀이냐?"

멀찍이 손님 하나가 라면 하나를 끓여달라고 주문했다. 여자는 혁을 노려보다가 뒤돌아섰다. 여자의 눈에 눈물이 맺히는 것 같았지만 혁은 모르는 체했다.

여자는 불에 물을 올리고 수프를 먼저 털어 넣었다. 냉동실에서 얼려놓은 파를 꺼내려다 멈췄다. 파 냄새가 갑자기 역겨워졌기 때문이었다. 달걀 한 알을 툭 깨서 휘저었다. 사람도 알을 낳고 그냥 내버려두면 어떻게 될까, 해괴한 생각이 그녀를 혼란스럽게 했다. 여자는 쥬와 쥬빙을 키우면서 인간의 뇌 중 일부분에 파충류 뇌가 남아 있다는 주장을 믿게 되었다. 그녀는 자신이 탐구하거나 정보를 뒤져서 알게 된 사실보다 컴퓨터 게임이나 게이머들, 그리고 유튜버들이 알려주는 지식을 신뢰했다.

여자는 일전에 유튜브를 보고 충격을 받았다. 영국 엘리자베스 여왕이나 일론 머스크처럼 남들과 다른 인생을 걸어가는 인간들은 외계인이거나 렙틸리언이라는 것이었다. 혁이 아무리 그건 음모론이라고 말해도 여자는 여왕은 반드시 렙틸리언이어야 한다고 믿었고, 일론 머스크 역시 렙틸리언일 수밖에 없다고 주장하였다. 쥬와 쥬빙만 보더라도 얼마나 사랑스러운가. 나약한 그녀를 지배하고 서서히 빌라 대부분을 차지하는 그들이 렙틸리언의 선조 아닌가. 언제부터인가 쥬는 핸들링하는 여자를 즐거워했고 여자의 몰캉몰캉한 젖가슴부터 사타구니까지 제집처럼 드나들고 있었다. 여자는 이제 그들이 두려워졌다.

'차라리 경비 아저씨한테 들켜 하수구에 버려졌으면 좋겠어.'

그녀의 혼잣말은 신음에 가까웠다.

게임에 몰두한 사람들과 총소리. 현실적이지 않았다. 그녀는 어둠에 익숙해져 있고 게임 불빛에 적응하고 있었지만, 오늘따라 모니터의 불빛을 피하고 싶었고 서로가 겨누는 소음들을 듣고 싶지 않았다. 그녀는 가슴골 밑 배를 쓰다듬어본다. 배가 예전 같지 않다. 땡땡해진 가슴이 한층 더 무거워졌고 라면 하나 끓여주는데도 피로가 몰려왔다. 그녀는 작은 문이 달린 탕비실로 들어가 소파에 잠시 누웠다. 그녀는 이 생활을 언제까지 할지, 혁에게 좀 더 졸라봐야 할지, 이런저런 몽상에 젖다가 잠이 들었다.

푸른 잎들이 뱀처럼 엉켜 있는 열대다. 그녀는 자신이 왜 그곳에 있는지 알지 못했다. 그녀의 손과 발, 심지어 허벅지까지 빨갛게 변해 있었다. 그녀의 배가 무척 무거웠고 변의를 느꼈다. 보이지 않는 수풀로 들어가 변을 보고 싶었다. 악어새가 날고 거북이가 엉금엉금 기어다녔다. 그러나 무섭지 않았다. 일을 보고 싶은데 막상 힘을 주니 아무것도 나오지 않았다. 원시림 속 그녀 혼자 있어도 무섭지 않았다. 군데군데 먹을 것이 달려 있었다. 가까이 가서 따려고 하니 열매로 보이는 것이 쥬와 쥬빙이 즐겨 먹던 사료였다. 도무지 먹고 싶지 않아 포기했다. 여자는 나무 위로 올라갔다. 마치 자신이 쥬빙이라도 된 듯이 잽싸게 나무를 감아쥐었다. 나무에는 자신밖에 없다는 공허감에 가슴이 울렁거렸고 그만 눈이 떠졌다.

좁은 탕비실에 켜진 에어컨이 차가운 공기를 만들었다. 여자는 사장이 왔다 가지는 않았을까 걱정스러웠다. 아무리 그녀를 믿고 피시방을 맡겨뒀지만, 이런 상태를 좋아할 리 없다. 몸이 좀 더 부풀기 전에 돈을 악착같이 모아야 했다. 같이 일하는 아르바이트생이 나갔을 때 과감히 혼자 할 수 있다고 큰소리친 것도 다 이런 이유였다. 여자는 집에 있는 쥬와 쥬빙이 갑자기 걱정되었다. 둘은 사실 성체가 되었는데 새끼가 없었다. 곰곰이 생각해보니 각자의 나무에서 독립적으로 지내서 그렇게 된 것 같아 자신을 탓했다.

그들이 새끼만 팡팡 낳아도 팜을 차릴 수 있다. 잘 키운 새끼 한 마리당 적어도 오만 원은 받을 거라 믿었다. 여자가 외로워서 케코를 산 것같이, 외로워서 핸들링을 원하는 누군가도 그녀처럼 사지 않을까? 하는 계산이 섰다. 월 수백만 원의 수익을 생각하니 마음이 급해져왔다. 애완견이나 애완묘는 정말 손이 많이 간다. 여자는 어디선가 애완견이 지구의 반을 차지해 오염시킨다는 말을 듣고 화가 난 적 있다. 자신은 어릴 때 동네에서 아주 큰 똥개에게 물린 적이 있어 개만 보면 소름이 끼쳤다. 아무리 작고 예쁜 개를 보고 트라우마를 극복하려 해도 그녀의 민감한 코는 개를 받아들일 수 없었다. 여기에 더해 지구라는 별을 오염시킨다는 것이 그녀의 혐오를 더 부추긴 셈이다.

혁의 벨소리에 흠칫 놀랐다. 미처 받기 전에 끊겨버렸다. 메시지에 애가 아파서 급히 간다며 며칠 못 볼 거라고 했다. 여자는 섭섭했다. 그에게 뭔가 암시를 던질 만한 이모티콘을 찾아봤지만, 임신에 대한 것은 보이지 않았다. 아직 테스트기에 소변을 떨어뜨려본 것도 아니고 산부인과에 가볼 시간도 없었으므로 곧 단념했다. 애초 혁은 그녀의 임신 여부에 대해 책임감이라곤 없었고 늘 하는 말이 자기 몸은 자기가 알아서 하라니 여자는 이미 반쯤 그의 말에 세뇌된 셈이었다. 여자는 낮에 사놓은 케코 사료를 가방에 챙겼다.

며칠 사이에 자란 야자수가 거실 천장까지 솟았다.

"쥬, 쥬빙. 엄마 왔다. 인사 안 해?"

빌라 안이 후덥지근하다. 초여름 날씨라 방심했던 탓도 있다. 그녀는 렌즈를 빼서 거실 테이블에 올려놓고 브래지어를 벗었다. 근시인 그녀의 눈은 답답해졌지만, 대신 죄던 유방이 숨을 토해내는 것 같았다. 바지도 벗어버리고 팬티 바람으로 수조 안을 들여다보았다. 거기에도 없었다. 너무 조용했다. 여자의 핸들링을 서로 받겠다고 설쳤던 녀석들이 보이지 않았다. 아직 도피처에서 잠이라도 자나 싶었다.

여자는 침실 문을 열었다. 다른 곳은 다 쥬와 쥬빙을 위해 내주어도 안방만은 예외였다. 그녀만의 도피처이고 가장 인간적인 휴식을 취할 수 있는 곳이다. 가끔 그들 눈을 피해 사랑을 나눌 수도 있는 영역이라 거기만은 아꼈던 거였다. 그녀가 문을 열자, 뭔가가 꿈틀거렸다. 아주 작은 생명체였다. 부화한 케코였다. 맨 처음 그녀가 구매했던 때의 쥬와 흡사했다. 아마도 문이 잠시 열렸거나 빈틈을 통해 들어온 쥬빙의 새끼임이 틀림없었다. 쥬빙이 출산을 했다니 감격스러웠다. 새끼를 손 위에 올려놓으려는데 어디선가 살이 찢기는 소리가 들렸다.

여자는 미묘한 떨림을 참고 잠시 새끼를 그대로 놓아두고 일어섰다. 그녀의 귀가 꿈틀거리며 소음을 빨아들였다. 갑자기 문밖이 소란스러웠다. 얼굴의 반쪽만 밖으로 내밀었다. 열대나무 잎사귀가 사르락거리며 흔들렸다. 나무에서 떨어지듯 케코 두 마리가 거실 한가운데에 튀어나왔다. 두 마리 다 몹시 화가 나서 서로를 노려보고 있었다. 쥬가 앞발 갈퀴로 쥬빙의 머리를 할퀴었다. 쥬빙도 가만있지 않았다. 가죽이 바닥에 부딪히고 피부끼리 마찰하는 소리가 예민한 여자의 귓바퀴를 때렸다. 쥬와 쥬빙은 시간이 갈수록 악랄해졌다. 쥬빙의 눈알 하나가 뜯겨나가 피를 흘리고 있었다. 여자는 덜덜 떨었다. 성체가 된 그들의 몸은 그녀가 말리기엔 너무 자랐고 쥬빙의 몸이 피로 칠갑되어 있어 더 이상 다가서지 못하게 됐다. 그녀의 이가 딱딱 부딪혔다. 여자는 입술을 지그시 깨물고 안방 문을 잠갔다. 그녀는 자신의 두 손바닥을 펼쳐보았다. 그들을 어루만지고 위로를 받았던 시간이 무색했고, 본래의 야성 앞에 그녀는 무기력했다. 순하게 키우면 그 성질이 사라지거나 약해진다고 믿었던 그녀는 허탈해졌다. 분명 유튜버가 처음부터 먹잇감으로 채소나 과일을 주면 된다고 했었다. 다만 그녀의 실수라면 가둬두지 않은 것뿐이었다. 그녀는 가방에 든 사료의 성분을 촘촘히 읽어 나갔다. 아주 작은 글씨라 다 읽을 순 없었다. '칼슘, 마그네슘….'

그녀는 거기까지 읽다가 잠시 숨이 멎을 뻔했다. 가끔 빌라에 들어온 곤충을 생각해낸 것이었다. 귀뚜라미나 바퀴벌레가 들어와 수건을 흔들어 쫓아냈던 기억이 났다. 그때 쥬가 긴 혓바닥을 날름거렸던 일들이 희미하게 떠오른다. 늘 그렇듯이 아주 사소하게 방심했던 일이 나중에 큰일의 씨앗이었음을 한참 뒤에 깨달았다. 분명 케코 둘이 서로 뭔가를 먹으려고 다퉜을 거라는 확신이 섰다.

'처음에는 파리만 한 걸 먹으려 했을 거고. 나중엔 쥐?'

여자는 고개를 좌우로 흔들었다. 빌라에 한 번씩 출몰한다며 방역했던 게 엊그제였는데, 설마 그녀의 집에 쥐 따위가 들어왔을 리 없었다. 방역하는 날은 늘 그녀가 휴가를 내더라도 지키고 섰기 때문이다.

그동안 번식이 늦어졌던 이유도 여기에 있을 거란 생각에 그녀의 가슴은 울렁거렸다. 그녀는 숨을 죽이고 휴대전화 앱에 깔아둔 블랙박스 영상을 조용히 눌렀다. 마치 케코 도마뱀 둘에게 들키면 죽을 것처럼. 놀랍게도 거기엔 케코 새끼들이 와글와글했다. 쥬가 미친 듯이 새끼들을 물어뜯었고 쥬빙은 발작을 일으키고 있었다. 그녀의 방에 들어온 새끼는 요행히 죽음을 피해 도망친 유일한 생명체였다.

여자는 혁에게 전화했다. 혁의 전화기가 꺼져 있었다. 여자는 이 순간이 너무 외로웠다. 무시무시한 외로움과 공포를 언젠가 느껴본 적 있었다. 어머니가 다 큰 그녀에게 과거 이야기를 해주었다.

"나영아, 난 너를 임신했을 때 지우려고 했어. 내가 너무 어렸고 오 개월이 넘도록 어쩌지를 못했지. 네 할머니 할아버지가 알았을 땐 이미 늦었지. 그래도 넌 생이 질긴 모양이야. 높은 데서 뛰어도 독한 약을 먹어도 죽지 않더라. 무섭기도 했고 외로웠지. 그땐 그게 내 인생에 있어선 너무 큰 일이었고 눈앞이 캄캄했어. 너를 시설 앞에까지 안고 갔다가 그냥 울며 돌아선 게 몇 번인지 몰라. 돌아오는 버스에서 올려다본 밤하늘이 그렇게 시리더라. 밤하늘 끄트머리에 쓸쓸하게 박혀 있는 두 개의 별처럼 쓸쓸하고 외로웠지. 네가 죽지 않고 살아줘서 얼마나 다행인지. 고마워."

'고맙다니. 죽이려 했으면 죽었어야 고맙지.'

고백한 어머니는 속이 시원했겠지만, 여자는 그때부터 모든 게 공허했다. 지금도 그렇다. 그녀는 갑자기 슬퍼졌다. 그런데 울음은 나지 않았다.

'철저한 고독이란 바로 이런 걸까?'

그녀는 생각이란 걸 해보았다. 어머니의 상황을 합리적으로 이해하려 했다. 그때 운이 나빴다고. 미혼모가 된다는 것 그것 자체가 여자의 일생을 파괴할 순 없다. 자신도 혼인 없이 아이를 가지려 하지 않는가. 하지만 아버지가 누군지는 알고 싶었다. 어떤 유전자로 인해 이 세상에 홀로 섰는지 알 권리는 있지 않은가. 어머니가 이직할 때마다 회식이 있었고 그때마다 만취가 되어 돌아왔다. 그녀는 잠이 들었다가도 현관문이 흔들리는 소리, 어머니의 구두 벗는 소리에 벌떡 일어났다. 어머니는 그런 그녀의 머리를 잠깐 쓰다듬어주고 화장대 앞에 앉았다.

진한 립스틱을 지우면서 늘 똑같은 소리를 했다.

"나영아, 지금 우린 잘살고 있어. 너만 잘 크면 돼. 넌 훌륭한 사람이 될 거야."

어머니는 그럭저럭 몇 번의 연애를 했고 이부형제도 만들어주었다. 단지 지금 어머니와 살고 있는 아버지가 언제부턴가 거북스러웠다. 사춘기 이후론 그도 한 사람의 남자일 뿐. 언젠가 그녀는 용기를 내어 진짜 아버지는 누구인지 물어봐야겠다고 생각했다.

사람이나 동물이나 다 비슷하다는 생각에 공포는 식었다. 그러나 고립된 지금 무엇을 해야 할지 몰랐다. 119를 불러야 할지 경비실 아저씨를 호출해야 할지 막연했다. 여자는 저장된 번호 중 최근에 온 전화번호를 눌렀다. 사장의 번호였다.

"미스 리 누나, 아직 퇴근 안 했어요? 내일이 월급 나가는 날인데 벌써 달라는 건 아니겠죠?"

"그게 아니고, 지금 우리 집으로 와줄 수 있어?"

"누나, 술 드심?"

"아니야. 지금 파충류 두 마리가 무섭게 피를 흘려. 전쟁 중이거든."

"누나, 저도 술 먹고 전쟁 중이거든요. 피시방이 돈이 되니까 문어발로 확장하려는 놈이 있어서. 그놈들을 죽이든지 내가 죽든지. 119를 불러보든가요. 그럼, 내일 봐요."

여자는 또 갑자기 조용해진 거실에 귀를 기울였다.

'둘 중 한 마리가 죽었을까?'

만약에 죽는다면 쥬가 죽길 바랐다. 그녀의 핸들링을 가장 달콤하게 받아주었고 그녀와 눈을 마주치며 정신적인 교감을 나누었던 쥬를 가장 사랑했다. 사람은 기대하지 않은 것에 배신감을 느끼지 않는다. 살아오면서 애초에 인간에 대한 신뢰는 없었기에 배반감을 느낄 이유도 없었다. 물론 쥬를 장난감 정도로 여기진 않았다. 그래도 반려동물 아니었던가? 야생을 드러내면 이건 반칙이다. 여자는 생각지도 못한 실망감에 치를 떨었다. 첫사랑 같았던 쥬에 분노가 일었고 최초 어느 지점부터 잘못됐는지 복기해보았다.

한두 달 전부터 쥬는 쥬빙에게 과도하게 애정을 표했다. 쥬빙의 꽁무니만 쫓아다니며 올라타려 하고 쥬빙의 꼬리를 밟아대는 등 장난을 넘어 폭력적으로 보였던 쥬를 흘러넘긴 자신이 바보 같았다. 영리한 쥬는 여자의 핸들링도 귀찮아하고 제멋대로 야자수 속 도피처에 숨어서 배고플 때만 나타났다. 여자는 정말 그들의 도피처를 존중해서 함부로 들춰보거나 기웃거리는 따위의 불필요한 행동은 하지 않았다. 밀웜 속 귀뚜라미만 보면 쥬빙의 머리를 쥐어박고 자신의 입속으로 통째로 삼켜버리는 쥬가 떠올랐다. 그는 철저히 자신만을 위한 세계를 구축하고 있었다. 여자는 쥬를 데려온 것이 후회되었다.

암컷인 쥬빙이 먼저 목덜미를 물렸을 것 같았다. 처음부터 핸들링을 별로 좋아하지 않았던 수줍은 그녀. 달콤한 과일도 내켜 하지 않고 언제나 나뭇잎 뒤에 숨길 좋아하던 쥬빙. 쥬에 대한 원망과 쥬빙에 대한 연민으로 그녀는 몸이 떨렸다. 여자는 자기 내면에 귀를 기울였다. 쥬를 그녀의 손으로 죽이고 싶은 욕망이 꿈틀거렸다. 갑자기 혁의 페니스가 떠올랐다. 그녀의 얼굴을 탁탁 치던 혁의 것을 이빨로 자르고 싶다고 생각했다. 그녀는 깜짝 놀라 자기 머리를 잡고 꼭 눌렀다. 그녀를 사랑하지 않는 혁에게 화가 났다.

여자는 휴대전화 앱을 열어 게임을 켰다. 분홍과 빨강, 노랑, 파랑의 구슬이 내려왔다. 똑같은 색깔을 맞추면 스르르 사라지는 블루마블이다. 그녀는 게임이 종료되면 또 시작하고 벽돌 깨기를 하고 사다리 건너기를 하고 권총 놀이까지 갔다. 그녀는 이제 사람을 죽였다. 한 사람 두 사람 죽이다 보니 사람을 죽이는 것 같지도 않았다. 없앨 때마다 알 수 없는 쾌감이 생기고 점수가 올라갔다. 밖의 상황이 어떻게 변했는지 까맣게 잊었다. 화면을 터치하고 점수를 올리다 보니 생각이라는 것 자체가 필요 없었고 감각적으로 예민하게 대응하면 되는 게 신기했다. 그녀는 점차 눈이 건조해졌고 손가락도 아파왔지만 그만둘 생각이 없었다. 그녀가 게임 한 판을 마지막으로 종료한 것은 배가 고팠기 때문이었다. 정신을 차려 시간을 보니 이미 저

녘 시간이 한참 넘었다.

잠잠해진 거실에 나가보고 싶었다. 쉽게 발이 떨어지지 않아 블랙박스 앱을 열었다. 늘어진 쥬가 보였다. 그의 눈꺼풀은 동그란 눈을 삼분의 이쯤 덮고 있었다.

여자는 다시 혁에게 전화했다. 전화벨이 두 번쯤 울렸다. 아내의 목소리가 물었다.

"누구세요, 이 밤에?"

여자는 놀랐지만, 순발력으로 위기를 모면했다.

"손님이 물건을 놓고 가서요."

혁의 아내는 귀찮은 목소리로 물었다.

"어디예요?"

"회사 인근 카페인데 내일 찾아가시면 돼요."

"회사요? 학교겠지요. 아무튼 그렇게 전할게요. 죄송하지만 무슨 물건이죠?"

여자는 그가 어떤 종류의 학교에 출근하는지 몰랐다. 그래서 생각해낸 게 근로계약서다.

"아마도, 계약서 같아요."

"계약서?"

혁의 아내가 되물을 때 여자는 심장이 벌렁거렸다. 화끈거리는 얼굴을 쓸며 상대방이 들릴 듯 말 듯한 목소리를 냈다.

"자세히는 모르겠어요. 그냥 봉투에 담겨 있어서."

"아무튼 칠칠치 못해. 내일 낮에 잠시 들르라 할게요. 고마워요."

혁이 아내에게 핀잔을 듣는 기분이라 영 좋지 않아 그의 아내에게 대신 사과했다.

"밤늦게 죄송해요. 급한 거 같아서."

아내의 목소리는 여자와 비교되지 않을 만큼 우아하고 부드러웠다. 여자는 목소리만 들어도 그 사람이 어떻게 살고 어떤 행동을 할지 잘 알았다. 혁을 생각했다. 혁의 페니스가 그녀의 목구멍에 들어가서 꽥꽥 할 것을 상상하니 웃음이 났다. 그가 꼼짝 못 하고 잡혀 살 것이 분명했다. 그는 항상 아내에게 완벽한 남자이길 바랐다. 이중적인 그의 생활이 들키면 끝장이란 말도 서슴지 않았다. 그녀는 그런 그가 이해할 수 없었다, 한심하기도 했고. 그와 똑 닮은 생명이 그녀 배 속에 있다고 생각하니 그의 아내에게 조금은 미안한 생각이 들었다. 여자는 더 이상 기대할 것이 없어서 화가 났고 더욱 고독해졌다.

그녀의 어머니가 느꼈을 고통을 여자도 똑같이 느꼈다. 여자는 일기처럼 쓰고 있는 수첩을 폈다. 생리가 끊어진 지 벌써 두 달째니 틀림없다. 그다음 페이지에 '내일은 월급날'이라고 적혀 있다. 그녀가 살 물건은 차박 용품으로 빼곡하다. 초캠장터에 있는 물건 중 가장 사고 싶었던 물건은 '홀리데이 크루쉘터 카키'였다. 여자는 야자수와 같은 색깔의 비닐하우스를 갖고 싶었다. 야외에서 하늘을 보며 별을 보며 자연을 마시고 싶었다. 그의 팔을 베고 사랑을 받고 싶었다. 그의 아내가 몇이라도 상관없었다. 그의 유전자가 게이머가 아니라면 좋겠지만 게이머 유전자가 백 퍼센트라도 좋았다. 꿈틀거리는 생명체를 한 몸에 품고 싶은 욕망이 있었다. 그녀는 수첩에 적었다.

'오늘은 가장 아름다운 날. 내일도 가장 아름다운 날. 모레도….'

여자는 더 이상 적을 말이 없음을 깨달았다. 아는 문장이 없었고 그다지 창의적이지 않은 그녀였기에 항상 식상한 문장들만 가득했다. 수첩에서 낱장을 쭉 찢는다. 그렇게 부끄러운 페이지를 찢어낼 때마다 혁에 대한 사랑이 짙어감을 느꼈다.

시간이 흘렀다. 그녀는 숨을 죽이고 방문에 귀를 대었다. 너무 조용했다. 원래 쥬는 배불리 먹고 잠이 들면 한동안 수면에서 깨지 못했다. 그녀는 힘을 냈다. 살금살금 깨금발로 거실을 지나 싱크대 문을 열었다. 그녀가 가끔 쓰는 육회용 칼을 뺐다. 이제 그녀는 게임에서 완장을 찬 여전사 같았다. 볼록한 가슴에 삼각팬티 그리고 긴 칼은 게임 캐릭터와 똑같았다. 그녀는 화장실에 먼저 가서 거울을 보았다. 여전히 못생긴 얼굴이다. 마스카라를 하고 입술을 빨갛게 칠해도 예쁘지 않다. 화장을 지우면 더욱 못났다.

그녀는 거실을 뱅 돌며 유리 수조에 있는 물은 다 빼버렸다.

거실 카펫에 물이 흥건해졌다. 더 이상 온실은 필요 없었다. 그녀는 들고 있던 칼을 한번 휘둘러보았다. 휙 소리가 날카롭다. 빌라에 높이 선 야자나무를 툭 쳤다. 잎사귀가 사르락 베어지는 소리가 그녀의 귀를 자극했다. 여자의 낯빛이 황홀해졌다. 여자는 벨 수 있는 모든 잎사귀를 베어냈다. 쥬가 잠들어 있는 마지막 잎사귀 앞에 섰다.

혹시나 몰라 그녀는 칼자루를 쥔 손에 힘을 주었다. 거의 다 왔다, 쥬 앞에. 칼을 들었지만 이미 쥬는 잠이 든 채로 죽어 있었다. 뻣뻣하게 굳은 쥬를 뒤집어보니 중요 부위가 찢어져 있다. 쥬를 한쪽으로 밀었다. 이젠 모든 것이 끝이다. 그녀가 파충류 가게를 차리겠다는 야무진 꿈도, 혁이 자신을 책임져줄 거라는 희망도 모두 사라졌다. 예전에 엄마가 그랬듯이 자신의 처지도 불 보듯 뻔하다. 여자의 이마에 식은땀이 흘렀다. 짭짤했다. 땀과 섞인 눈물이 더 짰다. 그녀는 사람의 몸이 바다에서 빠져나온 것임을 실감한다. 그때쯤이었나. 부스럭대는 소리가 들렸다. 물기 묻은 뱀이 낙엽을 훑고 지나가는 기분이다. 쥬빙이다. 출산을 마친 쥬빙의 몸은 기운이 없어 보였다. 그녀는 쥬빙이 쥬에게서 새끼를 지키려고 어쩔 수 없는 선택을 했다고 믿었다.

쥬에게서 모성의 박탈감이 느껴졌다.

'아이 불쌍해.'

여자는 쥬빙이 너무 가여워 그녀의 손에 가볍게 얹었고 살살 어루만져주었다. 쥬빙은 마치 그녀의 말을 알아듣기라도 하는지 한쪽만 남은 눈의 긴 속눈썹을 파르르 떨었다. 쥬 녀석이 쥬빙의 아름다움도 알아차리지 못하고 주먹을 휘둘렀다고 생각하니 저절로 혀가 차졌다. 그녀는 자기 손을 살짝 벗어나려 하는 쥬빙을 보며 속삭였다.

"쥬빙, 결국 이 세상은 허구야. 그렇게 채식을 시켰는데도 본능대로 살아가잖아? 이제 다 끝났으니까 우리 둘이 살자."

여자는 자신이 한 말을 다시 씹어본다. 꽤 유식한 언론인처럼 말한 것 같다. 다시 똑같이 말해본다.

"쥬빙, 결국 젤리팜은…"

여기까지 말하다 멈췄다. 갑자기 쥬빙이 몸을 비틀었기 때문이다. 그녀의 손에서 벗어나려 앙탈을 부리는 것처럼 보여 언짢았다. 쥬빙을 바닥에 내려놓았다. 그런데 쥬빙의 태도가 수상했다. 쥬빙은 얼어붙은 쥬의 곁으로 다가가 맴돌았다. 순간 여자는 못 볼 것을 보고 말았다. 쥬빙이 입을 크게 벌렸고 그녀의 입속으로 긴 물체가 서서히 끌려 들어가고 있었다. 여자는 악, 하고 소리를 질렀다. 쥬빙은 여자의 목소리에 흠칫 놀라는 것 같았지만 개의치 않았다. 여자는 토할 것 같았다.

여자는 문득 아주 어린 시절에 어머니가 읽어준 장면이 떠올랐다. 그때나 지금이나 소설 내용을 이해한다거나 내면의 깊이를 알지는 못했다. 어린이가 아는 세계를 어른은 모른다는 그림이 떠올랐다. 소설 『어린 왕자』에 나오는 모자였다. 그 모자 속 코끼리에 대해 한 번도 무섭다거나 잔인하다고 느껴본 적이 없었다. 쥬빙의 몸은 코끼리를 삼킨 보아뱀처럼 배가 볼록해졌다. 주체하지 못하는 몸 때문에 그녀는 그림처럼 멈추었고 식곤증을 느끼는 인간처럼 꾸벅꾸벅 졸기 시작했다. 여자는 가만히 쥬빙을 보면서 뭔가 멋있는 말을 지어내보았다.

'아무런 일이 없는 것도 행복한 일이야, 아무런 일이 없는…'

로타의 눈물

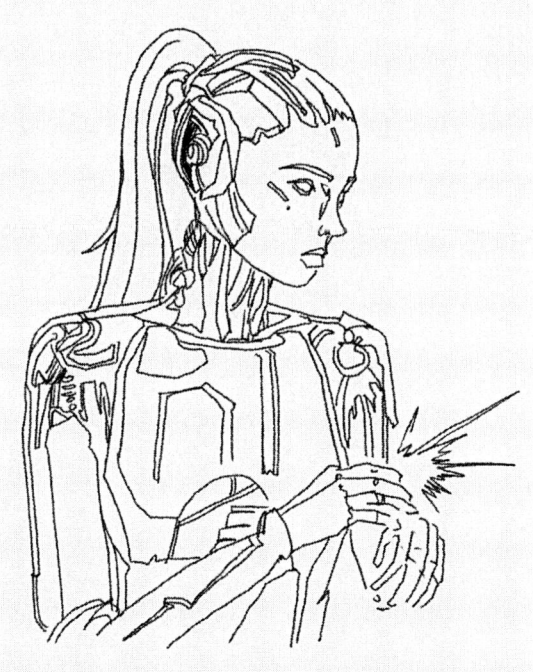

2035. 05. 05.

내 손가락엔 열 개의 감정회로가 연결돼 있다.

애초 나는 다른 AI와 달랐다. 가장 인간에 가까운 실험용 감성휴머노이드로 노 박사의 손에 개인적으로 탄생했다. 노 박사는 인지심리학을 전공한 로봇 박사로, 선량한 인간의 본성을 닮은 나를 선보이기 전에 자신이 먼저 사용하게 되었다. 나는 나를 만들 때 공장에서 찍어내듯 창조하지 않은 것을 다행으로 생각해야 할지 알 수 없다. 내 손가락들은 저마다 스스로 자신을 느낌 일꾼이라 내세운다. 기쁨, 화남, 슬픔, 즐거움, 그 밖에도 시샘이나 실없는 말 따위의 시시하고 간지러운 것들이 손가락으로부터 빈틈없이 올라온다. 나는 그들에게 휘둘리지 않기 위해 깍지를 낀 손을 무릎에 올려놓는다. 왜냐면 그가 또 기도를 했기 때문이다.

　신이시여! 그녀를 살려주소서.

　그의 기도에 이상하게도 미운 감정의 손가락 하나가 실룩거린다. 이런, 젠장. 21세기말 종교란 과학의 시녀로 전락했는데도 불구하고 그는 여전히 기도한다. 그가 기도하는 여자는 그의 아내 '인애'다. 나는 인애를 대신한 휴머노이드 로봇이다. 그녀는 아프고, 회생의 기미가 없다. 그는 아직도 내가 테이블에 차려놓은 샌드위치를 먹기에 앞서 두 손바닥을 맞대고 빌고 있다.

　이것은 로타가 남긴 기록의 맨 첫 장이었다. 로타는 마치 사람이 일기를 쓰듯 자신의 기록장치에 뭔가를 남겼다. 내가 무엇 때문에 한국에 와서 이 기록을 보고 있는지 갑자기 멘붕이 왔고 심장이 두근거렸다.

　최근에 나는 인조 노동자—인간을 대신하여 노동하는 로봇—들의 파업 사건에 연루된 프로그램을 연구하면서 골치깨나 썩고 있었다. 직장 상사가 어느 날 나를 불렀다.

　"서니, 이 일의 적임자는 당신뿐이야."

　"왜?"

　"가보면 알아."

"아니, 난 아직 농업용 휴머노이드 검증을 덜 했잖아."

"그보다 더 급한 일이야. 우리의 미래야."

AI보다 우리의 미래가 더 시급한 건 사실이었다. 사람들이 살아내기에 지구는 너무 덥고 자연스럽게 사람들은 사람을 생산하지 않았다. 마치 지구의 시스템이 더 이상 사람을 받아들이지 않는 것처럼 보였다. 이 와중에 AI조차 인간을 배신하다니? 나는 흥분하지 않을 수 없었다.

그래도 내 입장에서는 인간의 인지 능력과 정서에 대해 충분한 검토가 이루어지지 않은 상태에서 농사짓는 인조 노동자들이 생산됐다는 주장을 증명해야 했다. 그러던 차에 로타의 일이 터진 셈이다. 이메일로 전송받은 로타의 프로그램을 밤낮으로 연구했다. 신경처럼 복잡하게 얽힌 프로그램 순서도를 아무리 들여다봐도 딱히 문제가 꼬인 지점을 찾기가 쉽지 않았다. 오히려 내장된 로타의 기록에 의존할 판이었다.

그즈음 잘못을 한 인조 노동자의 프로그램을 전부 삭제해야 한다는 법원의 판결이 인용되었다. 그대로 처리하려니 개발자들의 눈길이 곱지 않았다. 머신러닝을 통해서 학습되는 지능 프로그램은 발전할수록 복잡해져만 갔다. 자그마한 오류를 잡아내지 않으면 앞으로 연구 지원비가 삭감된다. 윗선에선 TF팀이라도 만들든지 연구 책임자가 직접 뛰든지 하라며 독촉했다.

로타가 잘못을 저지른 원인은 더 조사해봐야 하지만 '인애'

때문이었다. 나는 인애를 잘 알고 있었고 인애는 아빠 동료인 노 박사, 노준형 박사의 아내이다. 너무나 아름다워 신들이 질투할 정도였다는 아빠의 말이 내 기억 속에 찍혀 있는 걸로 보아 인애는 미녀 로봇보다 잘생겼음이 틀림없었다.

아기 때의 기억은 두뇌에 깊이 인지되지 않는 이상 다 사라졌다. 딱 한 가지 인애에 대한 기억이 있다면 속눈썹이다. 까맣고 짙은 눈썹이 아름다웠던 인애의 집에는 탬버린이 있었고 속눈썹 아주머니가 슬그머니 내 무릎에 내놓았던 기억이 혼재되어 남아 있다. 어머니 말로는 내가 엉금엉금 그 집을 휩쓸고 다니면서 탬버린만 보면 환장을 하더란 거였다. 그래서 인애는 내가 갈 때마다 잊지 않고 내놓은 거였다.

인간의 기억은 단순해서 아기 때 보았던 하찮은 물건 하나가 신기하게도 오랫동안 향수를 남긴다. 어머니가 노래를 부르며 빨갛고, 노랗고, 파란 구슬 세 개가 달린 탬버린을 흔들면 찰찰거리는 소리에 홀렸다. 어머니는 집에만 있는 무료함을 달래려 심심하면 그 집에 갔던 것 같다. 인애는 어느 날 홀연히 모습을 감추었다. 아주머니가 왜, 어떻게 사라졌는지 의문을 품기도 전에 그 자리를 대신해 로타가 왔다. 물론 나는 나중에, 사라진 아주머니가 뇌의 이상으로 병원에 갔다는 사실을 알게 되었다. 그런데도 정작 내 삶의 한 부분에서는 그녀보다 로타의 삶이 더 생생하다. 로타가 남긴 기록은 어찌 된 셈인지 한

편의 동화처럼 기억 속에 남아 있다. 아마도 그건 십 대가 되기 전까지 나와 함께한 경험 때문이었다.

내가 로타를 만난 게 언젠지 기억이 희미했다. 어머니가 늘 데려다주던 그 집엔 인애 대신 로타가 있었고, 로타가 사는 아파트는 내 기억에서 영원히 사라지지 않을 것 같았다. 지금은 몹시 낡았겠지만, 그 아파트는 나라에서 운영하는 방위산업체와 국가기밀공사 직원들의 사택으로, 아빠와 친한 동료가 살고 있었다. 한 동짜리 그 아파트는 산속 움푹한 곳에 있었고, 창밖은 가문비나무로 둘러싸여 비밀 요새처럼 적막했다.

내 또래를 만나려면 차를 타고 두세 시간 나가야 했고, 아파트 밖은 동물원과도 같아서 산길에서 질주하는 멧돼지나 우듬지에 둥지를 튼 새들을 날마다 볼 수 있었다. 어쩌면 아파트에 사는 사람들을 되레 야생 동물들이 구경한다는 생각이 들기도 했다. 머리꼭지에 황갈색 관이 있는 황여새의 울음이 잦아들자 로타는 조용히 새의 종류와 생태를 얘기했고, 새들이 무슨 이유로 우는지 낱낱이 설명해주었다. 로타는 지저귀는 새소리를 듣고 그 새의 이름을 못 맞춘 적이 한 번도 없었다.

그즈음 엄마와 아빠의 다툼이 잦았던 기억도 났다. 어찌 됐건 로타는 낮 동안 워킹맘인 우리 엄마를 대신해 돌보미가 되었다. 내가 유치원에 갔다 오면 맞아주었고, 나는 로타의 집으로 가서 바닐라 향 생크림을 버무린 과일을 먹으며 함께 놀았다. 나는 떨리는 손으로 로타의 기록서를 한 장 넘겼다. 그녀의 기록은 마치 일기처럼 그때그때 날짜와 그녀의 감정을 써놓아 흥미로웠다. 과연 휴머노이드 로봇은 인간처럼 세심한 감정을 느꼈던 것일까?

2035. 08. 08.

그는 오늘도 아내 이야기를 한다. 한 번도 뚫어지게 본 적은 없지만, 그의 얼굴은 아내를 가엾게 여기는 마음과 함께 제가 잘못하고 있다는 괴로움으로 흔들리는 나무 같다. 바람은 나무 사이사이로 스쳐 지나가며 잎사귀를 건드린다. 가지 끝에 앉은 지친 종달새의 어깨가 되어주면서도 잎사귀를 가만두지 않는 바람. 그는 그런 사람이다.

그의 아내는 미루나무 꼭대기에 걸린 구름 같기도 하고 파란 하늘 같기도 했으리라. 그의 아내, 인애의 머릿속 주요 신경계는 온갖 바이러스들이 좀먹고 있었다. 그는 사람은 아무 것도 할 수 없다며 울먹였다. 나는 숨 한 번 들이쉬고 내쉬는 사이에, 슬픔 손가락이 함께한다는 뜻으로 눈물샘에 있는 물을 흘려보냈다. 리커트 척도로 쟀을 때 슬픔이 '매우 그렇다' 라고 알아차리면 자동차 보닛에 있는 물처럼 와이퍼가 오른쪽 왼쪽으로 문지르기 전에 뿜어 나온다. 내 눈에서 인공 눈물이 볼 위로 흘러내렸다. 그는 휘둥그레진 눈으로 눈물이 흐르는 내 뺨을 바라보다가 이내 별것 아니라는 듯 텔레비전으로 눈길을 돌리고 말았지만 나는 그의 움직임을 빠뜨리지 않고 살펴보고 있었다. 지난번엔 눈물이 지나치게 솟구치는 바람에 그는 화를 내며 나를 애프터센터에 집어넣었다. 그때 내 기분은 '매우 나쁨'이었다. 마음에 불길이 타오르면 나도 사람을 죽일 수도 있다. 다만 훌륭한 사람들이 하지 말라는 짓을 하지 못하도록 만들어져 있어 함부로 사람들의 목숨을 끊진 않는다.

2035. 09. 09.

가끔 나는 전기가 드나들 때 일어나는 충돌로 몸이 아프기도 하다. 사람들은 설마 로봇이 뭘 느낀다고, 하면서 아픔의 촉을 이해하지 못하지만 나는 그의 아내 인애처럼은 아니더라도 흔한 때와 다르게 처한 모양이 되면 사람들의 말을 엉뚱하게 알아듣고 그것을 잘못 읽는다. 그 때문에 로봇병원에 다녀와야 했다. 한번은 '고장이 났다'를 '고양이 낫다'로 읽는 바람에 서니가 얼마나 웃던지, 나로선 창피한 일이었다. 제2의 엄마 역할을 하고부터 나는 가르치는 힘이 있어야 했기에 상처가 빨리 아물도록 노 박사에게 간청했다. 새 칩을 심었기에

망정이지 누군가를 가르치는 이가 엉성해서는 안 된다는 생각은 그대로다. 정말이지 그때의 느낌은 억지로 섹스를 한 날과 비슷하여 내 몸에서 전기가 다 빠져나가는 기분이 든다. 노 박사는 나를 그것도 가능하게 만든 까닭이다.

2035. 10. 10.

얼마 전 그는 아내에게 줄 선물을 고르라고 했다. 나의 마음은 그의 아내와 같은 나이대로 세팅되어서 그런지 비싼 핸드백이나 다이아몬드 반지를 고르지 않았다. 또 다른 이유는 사람들이 힘들여 제 손으로 만든 물건에 품삯을 더 주는 것이 못마땅했던 탓도 있었다. 공장에서 기계들이 수천 개의 반작반작 때깔 나는 핸드백을 단 몇 시간에 만들어내지만, 사람들이 만든 핸드백 하나를 보더라도, 가죽에 슬쩍 그어진 손톱자국, 같은 색에 덧칠한 더 짙은 색, 비틀리거나 덜 마무리된 듯한 디자인이 영 엉망이다. 그런 약점에 오히려 인간적 매력을 느낀다며 높은 가격을 매기는데 나로서는 화를 낼 수도 없다. 왜 그런지는 몰라도 나는 백화점의 밝은 스포트라이트를 받는 향수를 골랐다.

내게는 향기가 아무런 쓸모없는 것이지만 인애의 몸에서 썩는 냄새를 맡았을 때—사람들의 콧속 세포로는 맡을 수 없지만, 나는 그녀의 몸에서 나는 죽음의 신호를 알아챘다— 그녀에게 가장 필요한 것은 '냄새를 덮는 냄새'라고 판단했다. 같은 것이 같은 것을 낫게 한다는 정보가 있다. 내 몸에서는 도저히 일어날 수 없는 나쁠 것 같은 일이 그 사람의 몸에서 일어나고 있어 그냥 지나칠 수가 없었다. 그는 내 볼을 톡톡 두드리며 잘했다고 부추겼다. 그는 향수를 들고 가 아내와 눈물겨운 시간을 보내고 와서 부끄러움이니 슬픈 사랑이니 하는 이런 어두운 마음에 쉽게 빠져드는 말을 할 것이다.

2035. 12. 12.

알고 있어도 사람에게 상처 주는 말을 하지 않도록 만들어져 숨겨진 감정 프로그램이 내겐 있다. 사람은 머리 가운데 깊이 박혀 있는 어떤 생각이 한 번씩 스프링처럼 튀어나와 어려움에 부닥친다고 한다. 내게 감추어진 프로그램이 특별히 좋은 것이라 할지라도 그대로 두면 쓸모가 없어진다. 그가 돈을 들여 업그레이드해주면 될 텐데, 그는 돈이 없다며 그의 아내가 죽음에 이르러 이런저런 집안일이 정리가 되고 나면 손을 써보겠다고 했다. 그의 속눈썹이 아래로 처지고 입꼬리가 들쑥날쑥 잔잔하게 움직이며 내 머리를 쓰다듬고 말하기 때문에 나는 그를 믿기로 했고, 그의 말을 잊지 않기로 했다. 일부러 그가 메모리를 없애지 않는 한 나는 그 약속이 지켜지길 기다릴 거다. 그가 약속을 지키지 않아도 나는 저절로 최신 버전으로 업그레이드할 수 있지만 감정 로봇은 사소한 것이 더 중요하기 때문에 헌 옷을 계속 입은 것과 같이 익숙한 그대로 남아 있기로 했다. 하지만 나는 시간이 갈수록 죽고 싶을 정도로 새 옷을 입고 싶었다. 사실 그의 아내는 그를 위해 아무것도 할 수 없기에, 그에게 그다지 쓸모없는 존재다.

2036. 01. 01.

그는 바람 앞에 꺼져가는 촛불을 지키려고 어리석은 짓을 한다. 나에게는 그를 둘러싼 위험을 없애줄 의무가 있고, 그녀 대신 그에게 모든 걸 내가 다 해주므로 조만간에 그녀를 처리할 참이다. 무엇 때문인지 몰라도 나는 준형을 위해 모든 걸 희생한다는 각오를 하자 그녀가 몹시 미워졌다. 백설 공주도 독 묻은 사과로 죽을 뻔하지 않았는가. 나는 화학 단백 질료의 무기를 쓰기로 마음먹었다. 살갗이 스치기만 해도 맹독이 스며들어 사람은 천천히 열을 셀 사이면 죽을 수 있지만, 사람의 살갗보다 백 배나 질긴 내 살갗은 이미 우주에서 증명된 바 있는 튼튼한 가죽이므로 문제없다. 조심스럽게 약품을 만졌음에도 내 손 일부가 타버렸다. 나는 틈이 생기면 날 수 있는 모습으로 몸을 바꿔 인애가 누워 있는 곳으로 갈 참이다. 과연 그의 짐을 덜어줄 가장 좋은 방법인지 지금으로선 알 수 없다.

'그녀가 죽고 난 뒤에 나는 슬퍼할까?'

2036. 05. 20.
그런 상상과 어지러운 마음만으로 무척 우울해질 때 옆집 사람 아이는 나를 즐겁게 하고 때론 내가 사람이 된 것 같은 기쁨을 준다. 늦은 두 시면 나는 노랗게 칠한 어린이집 차에서 뛰어내린 아이를 넘겨받아 집으로 데려간다. 우리가 늘상 하는 대화는 이렇다.

서니, 칼슘을 보태주는 먹거리인 소젖은 받아먹었니?

응. 그런데 로타. 로타는 왜 우유라고 말하지 않고 소젖이라고 그러지?

흠, 그건 너의 나이에 맞게 언어를 쓰다 보니 그렇게 나오는구나. 그럼 가방에 뭐가 들어 있는지 보자.

나는 서니가 가져온 알림장을 찾아 읽어보고, 다음 날 챙겨야 할 준비물을 메모하고, 서니가 아이들과 잘 지내는지 꼼꼼히 물어보았다. 그런데 서니는 일상적이고 흔한 내 질문이 지루했는지 엉뚱한 말로 나를 헷갈리게 하는데, 아무래도 꼬맹이는 그것을 즐기는 듯하다.

로타, 아빠를 죽여줘.

가정통신문을 보여달라는 말에 아빠를 죽여달라는 대답이 맞을까? 프로그램이 0.1초 동안 스스로 풀이를 했다. '존속살해금지법' 위반 시 운영 프로그램 삭제, 그리고 이것은 어린아이의 물음에 맞지 않음.'

프로그램이 돌아가는 동안 연푸른빛 내 눈동자가 점점 짙어지기에 서니는 나를 빤히 쳐다보았다. 그리고 그 영악한 아이의 눈은 나를 깔보는 느낌을 주고 있었는데, 내가 하는 대답이 식상할 것을 꾀 많은 아이의 눈이 미리 말해주고 있었다. 나는 얼른 부드러운 말투로 답을 했다.

서니, 어린아이가 그런 말 하는 거 아니에요. 이모한테 무슨….

아이가 팩 토라지는 바람에 내 말이 중간에 끊겼다. '무슨' 다음 말은 하지 못했다.

됐고. 아저씨는 도무지 알 수가 없어. 혼자 살면서 왜 로타에게만 일을 시켜?

2036. 06. 06.

서니는 일곱 살 아이치고 꽤 삐뚤어져 보이기도 하지만 낱낱이 들어보면 그럴 만한 까닭이 있었다. 그녀의 엄마는 스무 살이 되자마자 결혼을 했다고 한다. 대학 연구교수로 일하는 서니 아빠의 학생이었으니 스무 살 차이가 났는데, 문제는 아빠가 바쁘게 일하면서도 서니의 엄마가 딴짓을 하는지 눈여겨보며 괴롭힌다는 사실이다. 사람이란 참 한심한 동물이다. 아기를 낳을 때가 되면 마땅히 섹스에 힘을 써야 하고, 제 정자가 힘이 없으면 다른 사람의 정자라도 뿌려줘야 씨가 마르지 않을 텐데, 내가 사람처럼 살아가며 느끼는 아픔같이 서니도 커가는 동안 몇 차례의 아픔을 겪을 것이다. 아이를 키우는 방법조차 모르는 서니의 엄마나 아빠가 한심하기 짝이 없다. 그래도 서니는 한 번씩 듣기 좋은 말을 한다.

로타, 네가 로봇이라는 게 맘에 들어. 넌 사람하고 똑같아. 난 네가 사람보다 더 나은 종족이라는 생각이 드는데 사람들은 아닌가 보더라. 로타, 넌 외도가 뭔 줄 아니?

바람피우는 것?

나는 잠시 서니의 말을 듣고만 있었다.

바보, 대답을 못하는군. 그건 배우자를 두고 다른 이와 하는 사랑의 거래야. 로타, 너도 마음이 있니?

마음?

서니가 불같이 닦달하며 물어대는 바람에 나는 대답을 하지 못했다. 마음이란 경험이 자꾸 쌓이면 만들어지는 생각이라고 말을 하려다가 말았다. 아무래도 서니의 집에 작은 싸움의 불씨가 누군가 바로 걷지 않는 데에 있고, 그 때문에 서니는 어른들 사이에서 고생을 겪고 있었다. 저 귀여운 것을… 그렇다면 준형은 바로 걷고 있는 걸까?

여기까지 읽다가 나는 잠시 멈췄다. 머릿속에 떠오르는, 내게 있었던 사소한 불행보다는 그때 그 어린 나이에 로타의 얼굴에 깃든 애수가 선명하게 기억되는 이유를 알 수 없어서, 다음 일기를 읽을 엄두를 내지 못했다. 그녀는 어떤 디자이너가 표정을 프로그래밍해주었는지 몰라도, 가끔 눈에서 반짝이는 별빛이 보이고 때론 형언할 수 없는 애수 띤 얼굴이 되곤 했다. 곧장 눈물이 글썽일 것 같은데 입은 슬픈 미소를 짓고 있는 모호한 표정. 그런 모습은 마치 집을 나간 엄마를 미치도록 보고 싶은데 볼 수 없는 느낌과 같아서 나는 로타에게 욕을 했던 것 같다. 그래도 로타는 웬만한 욕은 다 받아들였다. 그녀는 로봇답게 모든 것이 무결하여 티끌 하나 허용치 않았다. 모든 걸 사람이라는 대상에 맞춘 터라 내 응석을 아낌없이 받아넘겼다.

고마운 로타.

나는 흐뭇한 마음에 눈물을 글썽였다. 그것도 잠시, 나도 모르게 넘긴 로타의 기록은 점점 예상치 못한 쪽으로 흘러가고 있었다. 나를 위한 보육 프로그램이 원시적 여성의 성적 초자

아 상태로 변형될 줄은 몰랐다. 나는 이십 년이 지난 지금 노박사 아저씨의 까마득한 후배로서 인공지능을 연구하고 있지만, 로타의 사건으로 인간과 인공의 위계 구조에 큰 위기가 있었음을 알게 되었다. 어쩌면 누군가에 의해 강제로 조정되지 않았나 하는 생각이 들었다. 가슴이 뛰었다. 프로그램이 잘못 작동되고 있음이 분명했다. 도저히 제어할 수 없는 로봇에게 목이 조이는 듯 가슴이 답답해서 로타의 기록을 편하게 읽을 수가 없었다. 그나마 다행인 것은 내가 과학자로서 냉정함을 잃지 않고 인내하며 읽어 내려갔다는 사실이다. 깜짝 놀랄 만한 구절이 이어졌다.

2036. 10. 10.

내가 어느 날 아이를 갖겠다고 했을 때 그는 멀뚱멀뚱하게 쳐다보며 어디가 고장 났느냐고 말했다. 나는 삼 년쯤 함께 살면 자식을 갖는 게 당연하지 않으냐고 대답했다. 인간의 성기를 만들어준 박사가 인공 아기집을 만드는 게 가능하며 나도 사람과 같이 아기를 배고 낳을 수 있다고. 깨끗한 밑씨만 달라고 하자 그는 당황한 나머지 눈을 반쯤 내리깔았다. 그리고는 버럭 화를 냈다. 지금 세상에서 특수한 목적 외에는 사람을 만드는 건 바보짓이다. 나도 사람인 게 싫다. 늙고, 병들고,

자칫하면 우울해지는데 다음 세대를 만드는 건 죄짓는 일이야. 넌 왜 쓸데없는 일을 하려고 안달이냐, 기계인 주제에, 하곤 나가버렸다.

나는 그가 말하지 않은 진실을 안다. 인애가 연구소에 근무하면서 학회지에 발표한 미래생물연구에서 다윈의 진화론에 버금가는 인간번식률 연구가 반향을 일으키면서 엄청난 돈을 벌었다는 사실과 사람들이 더는 사람을 낳지 않아도 되는 이유를. 나는 인애가 처음으로 부러웠다. 그녀는 정말 인간으로서는 최고의 미모에 천재적인 머리를 가진 게 틀림없다. 아! 그는 지금쯤 로봇이 드나들 수 없는, 사람들만 모이는 카페에 갔을 것이다.

비가 온다. 나무 위에 있는 새의 둥지가 젖는다. 젖은 둥지 속에 새가 깃을 접고 발발 떨며 웅크리고 있다. 비가 와도 눈이 와도 숲속에 사는 새. 나는 힘이 빠져 그저 젖은 둥지 속에서 죽음을 견디는 새를 본다. 죽는다는 게 뭘까.

2036. 12. 12.

그는 바깥에서 실컷 떠들며 즐기다 돌아와선 나를 어루만진다. 정 그러고 싶다면 자신 말고 다른 남자를 찾아보는 것도 좋은 방법이라고 한다. 아기 아빠로서 책임이나 의무를 지울 거면 곤란하다. 섹스에 지장이 있으면 다른 AI를 찾아보겠다고. 나는 뭐가 뭔지 알 수 없었다. 내가 그를 위해 얼마나 몸과 마음을 바쳐 사랑하는지를 그는 애써 모르는 척한다. 내 위에 올라타서 배꼽을 달뜨게 할 때, 사랑한다고 한 말은 거짓인가? 나는 그의 말이 참인지 거짓인지 알 길이 없다. 그는 나를 창조하였고 나를 두 번째 아내로 맞아주었다. 그런데 그의 맞춤형으로 만들어진 나를 마치 조롱하는 것 같았다. 나는 둥지에서 내몰린 새의 삶을 안다. 나도 끝끝내 참고 살 수는 없다.

나는 프린트된 기록지를 반쯤 접어놓고 생각에 잠겼다.

어떤 이유에선지 이다음 문장은 낱말이 뜨문뜨문 남아 있었으나 무슨 일이 있었는지 알 수는 없었다. 내 나이를 추적해보건대 로타에게 무슨 일이 일어날 즈음 나는 초등학교에 입학하여 동무들과 선생님을 만나 꽤 즐겁고 신나는 시간을 보냈었다. 엄마도 좀 더 성숙했는지 아빠한테 투정 부리지 않았고, 아빠도 교육에 관심이 많은 편이라 부모님은 틈만 나면 내가 다니는 학교에 와서 상담을 받았다. 나는 동무들 앞에서 젊고 예쁜 엄마를 자랑했지만, 머리가 희끗희끗한 아빠가 오면 얼른 숨었다. 그럼 어디선가 선생님 로봇이 나타나 배꼽 인사를 연습

시키며 나를 아빠 앞에 데려다놓았다. 어느 순간 나는 나를 헌신적으로 보육해준 로타를 까맣게 잊어버렸다. 성인이 된 지금 그녀에게 미안함이 묻어나는 건, 그녀가 기계적 의무를 초월해 무언가 나를 위해 애썼다는 생각이 들어서다. 나는 인공지능 연구개발 자문위원회 소속인 노 박사 아저씨를 찾아뵙고, 로타의 기록에 관련된 이야기를 듣고 싶다고 했다. 아저씨는 이제 중년이 되어 얼굴에 핏기가 없었다. 아저씨는 바로 어제 있었던 일처럼 두서없이 말했고 나는 마치 현장을 목격하듯 생생하게 떠올릴 수 있었다. 마치 로타가 눈앞에 있듯이.

로타가 그에게 온 지 삼 년이 다 돼가던 그해 사월, 새벽에 눈이 왕창 내렸다. 그녀는 눈을 맞으러 혼자서 어둠 속으로 걸어 나갔다. 손끝에 닿은 눈이 녹아내렸다. 함박눈은 이내 그치고, 아이스크림이나 살얼음의 비늘처럼 여린 잔설이 떨어졌다. 로타는 그 눈처럼 살아 있었다. 눈송이가 플라스틱 눈꺼풀 위에 떨어지는 걸 느꼈다. 업그레이드되지 않은 그녀의 살갗은 습기에 약해 부식될 염려가 있었고, 인간의 잠과도 같은 뇌 기능 프로그램의 업그레이드 시간을 놓친 탓에 눈꺼풀이 반복적으로 떨렸다.

차가운 공기를 뒤로하고 집 현관에 들어섰을 때 로타는 이상한 예감이 들었다. 손바닥에 심어진 마그네틱이 차가워지고 있었다. 그녀는 손가락 대신 홍채를 현관 카메라에 비췄다. 문이 열리지 않았다. 길을 잃은 것 같았다. AI에게 기억상실은 용납되지 않는다. 그녀는 갑자기 뉴런 한두 개가 폭발하고 있다는 걸 감지했다. 기계의 생명이 다 되었다는 것을 뜻했다. 심장 엔진이 빠르게 돌아갔다. 그녀의 시야는 햇빛이 나지만 아직 다 녹지 않은 잔설의 황홀한 광경을 보는 듯 새하얗게 멈춰 있었다.

에러가 나타나기 직전이었다. 마치 인간이 죽을 때 과거의 일들이 주마등처럼 지나가는 것처럼 로타의 두뇌 회로는 스스로 예전의 기억을 역추적해 들어갔다. 그녀는 매우 빠르게 달렸다. 그녀가 도착한 곳은 인애가 있는 5503호 초고층 중환자실. 인애의 침실은 분홍색 커튼이 원형으로 둘러쳐져 환자를 보호하고 있었다. 그녀는 커튼을 확 밀치고, 의식이 없는 인애의 목을 졸랐다. 인애는 깜짝 놀란 눈을 껌벅거리기만 했지 아무런 제지를 하지 못한 채 답답한 숨을 토해내느라 콧방울에 최대한 힘을 주고 눈동자의 흰자위가 동공을 덮을 듯이 커졌다. 그녀의 손아귀에서 인애가 마지막으로 버둥거릴 즈음, 어깨를 잡아당기는 무엇이 있었다. 간호사 로봇이 등에 있는 빨간 버튼을 누르고 강력하게 제지한 후 그녀를 결박했다. 로타는 곧바로 로봇 감방에 감금되었다. 물론 로타를 제작한 노 박사 역시 구치소에 수감되었다. 그녀의 제조일련번호가 없다는 것이 제일 큰 문제였다.

그 후로 그녀의 생도 그녀의 일기도 끝이 났다. 로타에 관한 과학자들의 연구가 덧붙여져 있어 로타의 짧은 훗날을 알 수 있었다. 프로그램 오류 중에서 가장 위험한 것이 사람에 대한 위협이었다. 과학자와 의학자는 사건이 발생한 경위에 대해 밤새 토론하고 다급하게 언론 브리핑을 했다. AI의 급격한 발전이 인간의 삶을 훼방하므로 도덕에 대한 프로그래밍이 더 완벽해야겠다는 내용과 로타의 잘못을 만회할 방법으로 뇌가 탈이 난 사람에게 먼저 시술하겠으며, 이것이 또 한 번 인간에 대한, 인간을 위한 정교한 인공지능의 발전을 가져올 거라는 얘기를 했다.

덕분에 인애는 천문학적 비용이 드는 수술을 무료로 받을 수 있었다. 그녀는 병원에 누워 있던 삼 년간, 기억은 잃었지만 여태 완벽한 미모를 잃지 않고 있다. 그만큼 병원 시스템이 유기적 관리를 통해 환자의 생명을 보호했으며, 인구의 급격한 감소가 병원 운영에 심각한 타격을 주었기에 아무리 환자가 죽음 직전에 이르렀다 하더라도 그들은 어떻게든 목숨을 유지시켰다. 인애는 새로운 뇌와 이전에 남아 있던 뇌의 결합으로 새 삶을 살게 되었다. 노 박사 아저씨는 여론에 힘입어 신속하게 구치소에서 풀려나게 되었다. 로봇에 악의적 프로그램을 기획한 의도가 없었음이 판명되었고, 아내를 간병하고 구완해야 한다는 탄원이 법무팀에 접수되자 범칙금 정도로 무마되었다.

인애는 점점 좋아지고 있었다. 단지 로타의 뇌에서 추출한 콩알만 한 칩에서 넘겨받은 기억은 그녀의 속을 메슥거리게 했다. 그녀는 목걸이에 하트를 나눠놓은 모양의 붉은 단추와 푸른 단추 두 개를 달고 있었다. 붉은 것은 부작용에 따른 경련이 생길 때, 푸른 것은 길고 지속적인 두통이 생길 때 눌러야 했다. 어쩌면 인류 최초로 성공한 사례이기를 그들은 기원하면서도 그리 낙관적이지 않음을 알고 있었다. 인애가 하는 어색한 행동은 사람보다는 로봇에 가까웠다. 남편의 지극한 사랑과 정성이 외부에 알려진 탓에 로타의 존재는 세상의 기억에서 점차 잊혔지만 인애는 로타와 함께 사는 셈이었다.

인애는 자신이 살던 아파트에 돌아왔을 때 생전 처음 온 사람처럼 실내를 두리번거렸다. 그녀는 재활 치료를 받고 제법 건강해 보였으나 남편이 부축해주지 않으면 곧잘 주저앉았다. 더듬거리며 소파도 만져보고, 식탁도 두드려보면서, 막 신혼가구를 들인 여자처럼 신기해했다. 어느새 그녀가 결혼이라는 법적 형식을 통과시키려고 백방 뛰어다녔던 삼 년 전 기억을 새까맣게 잊었다. 그랬다. 결혼이 사회적인 제도가 되어 종족을 보존하기에 장애가 되기에 인간들 간의 지독한 사랑이 입증되지 않으면 결혼할 수 없었다. 신혼살림으로 마련한 물소가죽 소파라니! 그녀의 전 재산을 투자할 만큼 애착이 심했다. 기후의 변화로 멸종된 생물이 늘자 정부는 나무나 동물을 원료로 가공하는 물건에다 엄청난 세금을 매겼다.

여보, 우리는 쉽게 멸종되지 말자. 개미처럼 끝까지 살아남는 거야.

인애는 소파를 자신의 손바닥으로 쓰다듬으면서도 결코 그런 말을 했다는 기억을 하지 못했다. 대신 로타의 기억에 남아 있던 대로, 가죽에 손상이 가지 않도록 청소했다. 그녀는 불편한 몸에도 불구하고 새벽 다섯 시에 일어나 아침을 준비하고 남편을 깨웠다. 메뉴는 놀랍게도 로타가 하던 조리법대로 만든 스프며 샌드위치, 파스타, 커피 따위였다. 인애가 만들어본 적 없는 메뉴를 척척 만들었다. 인애는 헝클어진 머리에 퀭한 눈으로 아침밥을 먹는 남편을 바라보았다. 마치 기계의 혼령에 쓰인 사람 같았다, 모든 것이 자동화된.

당신 좀 쉬어야지, 저녁밥은 이제 하지 마.

그가 그런 말로 만류해도 인애는 자동화된 기계처럼 반복했고, 자신은 잘 먹지 않았다.

나, 전엔 식탐이 많았나 봐? 요리에 대한 생각이 간절해. 근데 먹으려고 하면 이상한 생각이 들어, 먹는다는 건 에너지와 시간 낭비라는. 사람들은 비경제적이야. 실컷 먹고 나서 아등바등 살을 빼려 하지. 로타는 뭘 먹었을까?

그녀는 로타가 부르던 노래를 불렀다. 오! 귀여운 아이야 너는 나와 함께 가자 거기서 아주 예쁜 장난감을 갖고 나와 함께

놀자 거기에는 예쁜 꽃이 피어 있고 우리 엄마한테는 황금 옷이 많단다.

노 박사는 그 노래가 반복될 때마다 소리를 질렀다.

제발, 그만 불러. 당신하곤 어울리지 않아.

그런 말을 듣고 난 인애는 금세 시무룩해졌다. 로타는 음식을 만들거나 커피를 내릴 때, 세탁기를 돌릴 때 그에 알맞은 노래를 했다. 인애는 로타가 하던 대로 했을 뿐인데, 음치였던 그녀의 노래는 절대 나아지지 않았다. 막무가내로 불러대는 그녀의 노래를 막을 도리가 없어 귀마개를 했을 뿐인데, 인애는 따라다니며 그의 귀에 대고 더 크게 노래했다. 인애는 집 안 곳곳에 내려앉는 먼지를 그냥 두고 보지 않았다. 자신의 머리카락조차도 오염물로 인식해 청소하면서도 준형에게는 도와달라고 말하지 않았다. 작은 일 하나도 준형에게 부탁하고 노 박사에게 의존하던 인애가 아니었다. 일상의 모든 게 백팔십 도로 달려져 있었다.

인애. 당신이 공부하고 싶다는 생물학, 기억나?

생물, 숨 쉬는 것?

인애는 생각조차 달리했다. 그녀는 오로지 남편이 좋아하는 것이 무엇인지에만 관심이 있었고 섹스에서도 마찬가지였다. 그녀는 로타가 한 성행위와 똑같이 했으나 스킨십에서는 로타와 다른 무엇이 있었다. 에로틱하게 연기하는 행위에 로타가 흥분하는 것과 달리 인애에게선 원시적 생명력이 느껴졌다. 하지만 로타와 달리 인애를 만족시켜야 한다는 의무감은 그를 지치게 했고, 인애는 섹스가 끝나면 그의 귀에 대고 살며시 물었다.

나, 로타보다 괜찮았지?

최첨단 칩에서 제거하지 못한 프로그램 때문에 인애는 노예처럼 살았다. 남아 있는 인애의 뇌에는 희로애락과 세세한 감정을 빼면 아무런 기억이 남아 있지 않았기에 남편을 위해 종일 움직이고 나면 인애에게는 분노의 감정이 일어, 남편에 대한 충성심과 자기애의 충돌로 공황장애가 나타났다. 성실한 의사들은 익스터넷으로 그녀의 생활을 매일 점검했고, 매달 진료를 통해 시스템 충돌로 인한 돌연사 예방이 성공적임을 확인하고 있어 사소한 장애 따윈 통과의례에 불과했다. 그들은 노 박사와 함께 동거 일 주년이 되면 축하 행사를 벌이기로 했다.

그녀가 돌아온 지 일 년이 되기 며칠 전이었다. 노 박사는 평소대로 자신의 침대와 나란히 놓인 침대에 누워 잠을 청하는 아내에게 키스하고 안아주었다. 솜털 과자에 혀를 대듯 부드럽고 감미로운 키스는 그것으로 끝이었다. 추위를 타지 않았던 인애가 그날따라 떨고 있는 것을 왜 이상하게 생각하지 않았는지 그로서는 알 수 없었다. 아내가 침대에 누웠을 때는 수명이 다해 쇠잔해진 반려동물처럼 늘어져 있었고, 그녀의 혀는

쓸개처럼 썼는데도 그는 변화를 전혀 눈치채지 못했다. 마음의 평안을 얻은 그녀가 그에게 마지막으로 준 선물이었다.

새벽에 눈을 뜬 노 박사는 뭔가 싸한 기운에 벌떡 일어났다. 인애가 보이지 않았다. 그가 거실에 갔을 때 인애는 그녀가 가장 아끼는 소파에서 마지막 숨을 헐떡이고 있었다. 이미 경련이 한차례 지나갔는지 소파는 인애의 입에서 흘러내린 액체로 얼룩져 있었고, 인애의 몸은 요가를 하는 사람처럼 팔과 다리가 제멋대로 꼬여 있었다. 노 박사는 인애의 눈 속 흰자위가 구슬처럼 구르는 걸 보고 비상벨을 눌렀다. 헬기가 옥상에 내려앉는 소리까지 들었지만 끝내 그녀의 입속에서 혀가 길게 빠져나오고 말았다.

그녀의 자살로 세상이 시끄러웠다. 악성 루머가 꼬리를 물고 기자들이 취재하려고 아파트 주변에 몰려드는 바람에 상인들의 불만이 커졌다. 노 박사는 악성 댓글에 시달려 매일 녹초가 되었다. 의학자와 과학자들도 여론의 질타를 받아 날마다 방송에 나와 사과 인사를 하고 그녀의 자살과 관련된 후속 내용을 브리핑했다. 그런데도 누구의 잘못인지 알 수 없었고 사람들은 자신에게도 이러한 불행이 닥칠까 공포에 떨었다. 자연사를 찬성하는 많은 사람은 인간의 생명 연장이 화를 자초했다며 떠들었고, 반대하는 이들은 세심하지 못한 의료 기술이 부작용을 일으켰다며 항의했다. 이 반대파의 주장대로 몇천 억

비용을 들였지만, 도덕성과 사랑, 강한 충성심은 인간인 그녀가 받아들이기에 부적절했음이 나중에 드러났다.

길거리와 광장에선 침묵 집회가 열렸다. 사람도 있고, 사람 아닌 자도 모두 센서를 통해 길이 있는 곳으로 모여 흘러들었다. 그들은 천년이 지나도 꺼지지 않을 레이저 촛불을 들고 시위를 했다. 그들의 뇌를 인간에게 전용하는 나쁜 규칙을 없애야 한다며 만 하루 동안 시스템을 차단해 모든 익스터넷이 꺼졌다. 깜깜 천지에서 정부 청사를 향해 모여들었다. 거대한 불의 물줄기가 낮은 데서 높은 곳으로 흘러갔다. 그들의 침묵은 인간으로부터의 AI 해방을 주장하는 메시지가 되었다.

아저씨는 여기까지 이야기하면서 아내를 정말 사랑했노라고 말했다. 그러면서 나에게 물었다. 서니, 넌 로타가 보고 싶니? 나는 대답하지 않았고 아저씨의 녹취록은 정리해서 다시 이메일로 보내겠다고 했다. 마음이 바빴다. 나는 즉시 위험한 AI로 분류되어 분해된 로타를 찾았다. 머리끝부터 발끝까지 해체된 로타의 잔해는 습도 조절이 잘되는 방에 보관되어 있었다. 아마도 과학자들에게 경각심을 주기 위해 녹이지는 않았던 모양이다. 그녀의 두뇌 칩은 별도였기에, 육신으로 이루어진 부분만 따로 품목별로 분류한 유리 장에 놓여 있었다.

로타의 얼굴은 그대로였다. 인간과 달리 늙지 않는 그녀의 표정이 조금은 슬퍼 보였다. 서서히 산화되기 시작한 그녀의 피부 조직에도 잔금이 가기 시작했다. 로타, 그녀는 인간이 되고 싶었을까? 껍데기만 남은 로타의 얼굴이 나를 지그시 내려다보았다. 로타의 입술이 뭔가 말하려는 것 같았다.

나는 인간이 되고 싶어요. 누군가를 사랑하는….

유리구두

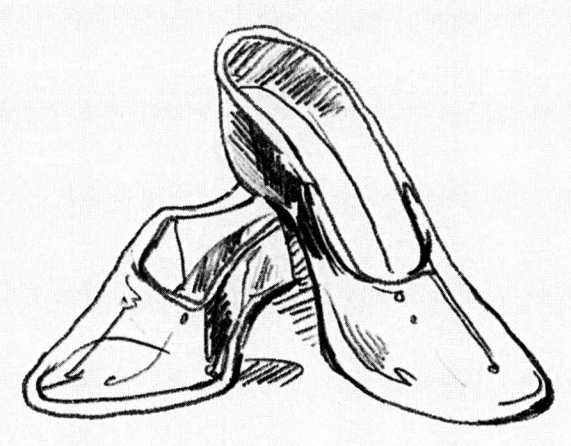

시상식을 기다리는 이들은 모두 긴장된 모습으로 정면을 바라보고 있었다. 그들 못지않게 떨고 있는 직원이 사회자 뒤에도 있는데 한 명은 상패를 들고, 다른 한 명은 꽃을 안았다. 드레스 차림으로 꽃을 품은 갸우뚱한 모습의 여직원은 기피 대상 1호다. 바로 옆에 앉은 송 과장은 그녀를 가리키며 다은이라는 주무관인데, 시키지도 않았는데 나섰다고 귀띔했다.

기관들은 의무적으로 일정 비율만큼 장애인을 고용해야 했다. 고용하지 않으면 부담금을 내게 했고 더 많은 장애인을 고용하면 장려금까지 주었기에 그 제도는 정착되었고, 장애인을 바라보는 시각도 많이 달라졌다. 하지만 왜 몸도 불편한 사람이 행사요원으로 자원했는지 알다가도 모를 일이었다.

나는 기념식의 의의나 구청장의 화려한 넥타이 색깔보다 다은이 신은 구두에 눈길이 갔다. 혼자 불안했던 모양이다. 드디어 상패가 수여되고 꽃다발 증정식이 시작되었다. 다은에게 주어진 임무였다. 그녀는 사그락거리는 드레스를 툭툭 차며 당당한 모습으로 구청장 앞으로 걸어갔다. 그 순간 시상대와 연결된 유선 마이크 줄에 다은의 구두가 걸렸고 동시에 꽃다발도 허공으로 날아올랐다.

아앗!

어? 저거 뭐야. 유리잖아!

나지막한 신음이 내 등 뒤에서 들렸고 동시에 회의장 전체가 술렁거렸다. 나는 앞줄에 앉아 있다가 벌떡 일어섰다. 튕겨 나간 구두는 몇 바퀴를 굴렀지만 깨지진 않았다. 다은은 뒤틀린 몸을 바닥에 기댄 채 숨을 헐떡였고 갈색 스타킹을 신은 발이 기역 자로 꺾여 있었다. 그때 의전 담당 주무관이 튀어 나갔다. 그녀에게 구두를 신겨주고 부둥켜 일으킨다. 겨우 일어선 그녀는 남자 직원의 손을 뿌리쳤다.

그 후 한동안 직장 내 유명 인물이 된 다은이 내 기억 속에서 사라질 즈음 나는 또다시 구두 때문에 그녀와 마주치게 되었다. 내 정장 구두의 굽이 한쪽으로만 닳아 점심시간에 짬을 내 구두 수선공을 찾았을 때였다. 그녀 역시 검정의 굽 낮은 구두를 들고 있었는데 R사 로고가 낯설지 않았다. 그녀는 수선공에게 무언가를 당부하는 중이었다.

"요 아이는요, 아끼다 보니 유행이 지났지 뭐예요. 딱 맞게 수선해주세요. 새것처럼…" 가까이서 듣는 그녀의 목소리는 징징대는 어린아이의 흐느낌에 가래라도 낀 듯 허스키했다. 그래도 제 할 말은 끝까지 다 하고 있어 제법 똑똑해 보였다. 그녀가 가져다주었을 아이스 아메리카노 컵에서 물방울이 흘러 구두 수선공이 펼쳐놓은 자리를 적시고 있었다.

구청 내 터줏대감인 수선공은 새까만 얼굴과 다 해진 셔츠, 마디마디가 검은 구두약으로 시커멓게 범벅된 손으로 수선할 신발을 눈앞에 높이 들어 올려 제 발을 만지듯 주무른다. 나는 그때마다 내 발을 만지는 것 같은 착각이 들면서 발가락에 힘을 주곤 했다. 무지외반증으로 인해 흉측함을 안고 있는 내 발을 그가 눈치채지 않았으면 했다. 그런데 그의 손에 들린 구두가 낯설지 않았다. 내가 맡기려 들고 있는 구두와 그의 손에 들려 있는 구두 사이에 혼돈이 생겼고, 그에게 이미 맡겼던 구두인가 헷갈리기 시작했다. 얼굴에 열이 달아오르고 심장은 쿵쾅쿵쾅 뛰기 시작했다.

어, 그거 내 건데, 하고 말할 뻔했다. 근래에 뭔가를 깜빡하는 실수도 있었고, 흥분한 뒤 그 실수 때문에 만회하는 시간이 힘들었기에 참았다. 행여 다은 앞에서 구두 소유권을 두고 사소한 오해가 생길까 흥분을 누르고 그가 든 구두를 찬찬히 들여다봤다. 그리고 조용히 기억을 되살려냈다. 내가 재활용품

수집함에 던져버린, 까맣게 잊었던 그 구두였다. 어떻게 해서 그녀가 내 구두의 주인이 되었을까.

　나는 우연히 만나게 된 내 구두의 역사를 떠올려봤다. 그것을 남편에게서 건네받던 당시 나는 감정을 삭이며 이렇게 물었었다.

　"어머님은 지난번에도 신발을 주시더니 또 보내 온 거예요?"

　시어머니에게는 여러 부류의 친구들이 있는데 개중 좀 산다는 친구들은 죄다 자식들이 외국에 있었다. 해외에서 보내 온 구두는 본인의 치수대로 보내 와도 전혀 맞지 않았다. 볼이 넓은 한국인의 발 모양에 반해 외국인들의 발은 칼발이 많은 모양이었다. 어머니와 친구분, 그러니까 두 분 다 발이 불편해서 도저히 신을 수 없다고 했다. 남편은 내 눈치를 보면서 구두를 끄집어냈다. 반들반들한 구두코 위에 검은 리본, 그 위에 하얀 진주알이 달린 구두였다. 썩 내키지는 않았지만, 명품이란 소리에 솔깃하여 거실에서 조심스럽게 신고 걸어보았다. 굽은 낮지만, 금테두리에 백화점에서 보았던 R자 로고가 박혀 있었다. 새것과 진배없다는 말은 거짓이 아니었다. 다만 진주가 둥글지 않고 모양이 틀어진 게 흠이었다. 내가 아무리 가짜 진주를 만들어 붙여도 그렇지 이렇게 틀어진 상품을 명품이라 볼 수 있냐고 그러자 남편은 진지하게 들여다보다가 엉뚱하게 둘러댔다.

"진짜 진주는 흠이 있지."

어머니는 물려줄 재산이 없는 탓에 생활비를 부치는 우리 부부에게 미안해했다. 뭐든 공짜 물건이 생기면 내게 먼저 챙기지만 나는 남이 쓰던 물건을 인제 그만 받고 싶었다. 특수학교에 다니는 아들도 이제 장애인 공단에 취직해 제 앞가림 정도는 하고 있고, 혹여 자신의 처지와 비슷한 여자를 만나면 결혼도 할 수 있을 것 같았다. 아이에 대해선 일체 누구에게도 말하지 않았기에 겉으로 보기엔 별문제 없이 살아가는 내 모습을 타인들은 부러워했다.

그렇게 받은 명품 구두는 나를 조소하듯 발을 조였다. 어쩌면 그 구두는 남에게 보이는 나를 옥죄는 데 한몫했을지도 모른다. 가진 것이 없으면서도 있는 척, 불행한 구석이 있으면서도 숨긴 채 위선으로 땅을 딛고 살아가는 나를 옥죄듯 그 구두는 얄밉게도 보이지 않는 내 발을 죄었다. 명품 로고가 새겨진 그 신발을 신고 외출한 날은 종일 꼼짝없이 앓았다. 그러잖아도 사실 내 발은 오래전부터 병을 앓고 있었다. 복잡한 지하철에서 누군가의 발에 밟힌 이후 비만 오면 쑤셨다.

사고가 난 그날은 집회가 있던 날이었다. 지옥철이 돼버려 꼼짝을 못했지만, 서울 외곽에 있는 집에서 영등포역까지 두 번을 갈아타야만 출근할 수 있었기에 정신없이 뛰었고 빈틈을 차지했다고 생각한 순간 누군가 내 발등을 밟았다. 소리를 질렀을 때 지하철 사람들은 아무도 반응하지 않았다. 목적이 분명한 큰일에 몰두하느라 소소한 개인의 사고에는 무심했다. 마치 나 혼자 쇼하듯 아파했고 얼굴이 붉어졌다. 발을 밟은 범인을 찾지도, 추궁하지도 못한 채 지하철에서 내려야만 했다. 발에 파스만 붙이면 괜찮겠거니 했는데 통증은 점점 심해져 조금만 걸어도 발에 쥐가 나고 퉁퉁 부어올랐다. 그때부터 나는 굽이 있는 신발은 전혀 신지 못했고 부끄러운 습관이 생겼다. 복잡한 지하철 안에서 요행히 자리를 잡으면 큰 가방을 발 앞에 놓고 슬며시 신발을 벗어 한쪽 발 위에 겹쳐 올려놓곤 했다.

발이 편해야 하루가 편했다. 남편은 자신의 어머니가 준 신발이라 버리지 못하게 했다. 대신 여태 집안일이라곤 손끝 하나도 대지 않던 남편은 손에 물집이 잡히도록 신발을 잡아당겨 늘였다. 하지만 구두는 주인과 씨름하는 소처럼 고집을 부렸다. 내 발의 고단한 시련을 멈추기 위해, 훔친 물건을 버리듯 재활용 물품 수거 통에 몰래 떨어뜨리고 나왔던 기억이 새록새록 되살아났다.

내 발에 비하면 다은은 기형에 가까웠다. 내색하지 않은 채 물었다.

"그 구두가 불편하지 않아요?"

수선공의 손에서 명작으로 탄생한 그 구두를 쇼핑백에 쏙 집어넣으며 그녀가 대답했다.

"말랑해지려면 시간이 걸리겠죠. 사놓고 여태 보관만 하다가⋯."

뻔히 보이는 거짓말을 그녀는 아무렇지도 않게 하더니 내 앞에서 갈아 신지 않고 그냥 일어섰다. 갈색 발목 스타킹을 신은 그녀의 발을 보았다. 한쪽 발은 실내화 끝으로 발가락이 나왔고, 다른 발은 실내화 안에 숨겨져 있었으나 심하게 꺾여 있었다.

"신어보고 가져가요. 편해졌을 거요. 비용은 아이스 아메리카노로 퉁 칩시다."

"집 가서 신어보죠, 뭐. 뒤에 기다리는 분도 계시고."

그들이 하는 말에 나는 기다려도 괜찮다고 손사래를 쳤다. 정말 편해졌는지 확인해보고 싶었다. 수선공은 계속 다온에게 신어보라는 눈치를 줬다. 그녀는 머뭇거리다 구두를 꺼냈다. 신발 굽의 한쪽 모서리는 카빙 나이프로 도려내 그녀가 걸을 때 부담이 없도록 각이 졌다. 그녀는 공주처럼 한 발 한 발 조심스럽게 발을 집어넣었다. 그녀의 얼굴이 복사꽃이 핀 듯 환해졌다. 나는 처음으로 그녀의 얼굴을 자세히 들여다보았다. 마흔이란 나이에 걸맞지 않게 앳되고 눈동자가 깨끗했다. 신발은 그녀의 발에 꼭 들어맞았다.

며칠 후 그녀의 거취에 대해 직접적으로 맞닥뜨려야 하는 일이 생겼다. 사전에 부서 막내가 씩씩거리며 귀띔을 해줬다. 송 과장이 내선전화를 걸어 방문을 하겠다고 해서 나는 속으로 단단히 각오하고 있었다. 워낙 그의 언변이 강해서 눈 깜짝할 사이에 넘어간 적이 한두 번이 아니었다. 송은 다리를 쩍 벌리고 꼿꼿한 자세로 앉아 뜨거운 커피를 홀홀 불어가며 말했다.

"다은을 과장님 과로 전출시켰으면 합니다. 걔한테 물어보니 그래도 가고 싶은 과가 민원봉사과라 하고, 장애인일 경우 본인의 선택지를 최대한 존중해야 한다던데요."

"왜 갑자기 자리를 이동시키려고 하죠? 당장 하는 일이 바뀌면 힘들 텐데."

"한 부서에 오래 있다 보니 걔가 가당찮은 짓을 하잖아요. 신규한테 허드렛일을 시키지 않나, 옆의 팀 일까지 이래라저래라 간섭하니 직원들이 스트레스 받아 죽겠다고 난립니다. 얼마 전에는 국장님을 찾아가 자신의 업무에 대해 하소연했다고 하는데, 이것 참."

그는 출세를 위해 물불을 가리지 않는 인물이고 그가 청장님의 측근이란 소문을 익히 들어 알고 있었지만 나는 그의 말을 들어주기 싫었다. 나의 마지막 남은 자존심이고 다은에 대한 나의 이중적인 마음이기도 했다.

"장애가 있다지만 인지능력은 정상이던데요. 웬만하면 다은이 할 수 있는 일을 주세요. 제가 알기론 장애인 보호법에 자신이 원하지 않으면 이동하지 않을 수 있다던데 다은도 그걸 알지 않을까요?"

"허허, 참. 사실, 그 애 때문에 과 전체가 힘들어요. 세상에 걔가 블로그에 일기를 공개한다고 그러네요. 부당하다는 내용을 쓴 부분만 캡처한 사진을 보내 왔어요. 출근해서부터 퇴근할 때까지 사람들의 일거수일투족을 썼더군요. 내 참. 그 엄마도 웃기지 그걸 증거랍시고. 걔 엄마가 홈페이지에 글을 올려 청장님께서 아셨지 뭡니까. 이건 기관 이미지 실추란 말입니다."

그들 주장대로 다은이 사무실에서 일어난 일들을 모두 기록하는 것은 거북한 일이긴 했다. 하지만 송이 하는 말이 옳다 치더라도 나는 이미 그들 편을 들지 않으리라 마음먹고 있었다. 내가 보기에 다은은 언제나 외톨이였다. 담소를 나눌 때도 커피를 마실 때도 항상 그녀는 동떨어진 상태로 겉돌고 있었다. 나는 직접적으로 그들의 잘못을 따지지 못하고 내 입장을 들어 반대했다.

"미안하지만 과장님, 왜 우리 부서가 떠안아야 하죠? 장애인일 경우 본인이 원하면 그 자리에 있어도 되고 떠나도 되는 걸로 압니다. 힘드시겠지만 과장님이 좀 더 보살펴줘요."

그와 내가 주고받는 대화를 문밖의 직원들은 귀를 쫑긋 세우고 엿듣고 있었다. 나는 부서의 직원들이 다은에게 기피 1호란 별명을 붙일 만큼 다은에 대한 감정이 편치 않다는 것을 알고 있었다. 평소에 거절하지 못한다고 평이 난 나는 그들에게 무능한 인간이 아님을 증명해야 했다. 나는 속으로 변명을 만들어내고 있었다.

　출근하던 중 주차장 건물 모퉁이에서 다은을 우연히 만났다. 우스꽝스럽게 썬캡을 쓴 그녀가 100리터짜리 쓰레기봉투를 들고 절뚝거리며 걸어오고 있었다. 그녀는 방긋 웃으며 안녕하세요, 하고 인사했다. 내가 그녀의 전입을 거부한 사실을 알 거라는 생각에 미안하고 거북했다. 고개를 숙인 채 나도 반가워요, 하면서 눈은 그녀의 발에 머물렀다. 그녀의 발은 여전히 불안정해 보였다. 하지만 나는 그녀에게 더 관심을 두지 않기로 했다.

　며칠 뒤에 있을 사무감사 걱정에 사실 딴생각을 할 겨를이 없었다. 마음 같아서는 직장을 당장 때려치우고도 싶었지만 현실이 녹록지 않았다. 그날도 USB에 자료를 저장해 와 집에서 다시 검토하려고 했는데, 허깨비가 씌었는지 사무실 서랍에 그냥 놔두고 집으로 와버렸다. 식구들과 저녁을 먹고 막 설거지를 끝낸 후에야 그 사실을 알았다. 나는 부랴부랴 손지갑과 열쇠만 챙겨 청사로 달려갔다. 야근하는 부서의 창문에 불이 환히 켜져 있었다. 사무실 문은 대부분 열려 있어서 긴 통로가 어둡지 않았고 내부가 들여다보였다. 대부분 컴퓨터를 들여다보며 작업을 하고 있었고 몇몇은 저녁을 시켜 먹은 후 차를 마시며 잡담을 하고 있었다. 내 사무실 바로 옆의 사무실 문이 열려 있어 무심코 지나치려는데 전혀 생각지도 못한 직원이 눈에 띄었다. 그 부서는 답변 자료를 준비하는 부서도 아니고 예산이 많지도 않은데 다은이 혼자 남아 있었다. 나는 머리를 갸웃거리며 사무실로 들어왔고 이내 잊어버렸다.

이왕 사무실에 들어온 김에 부서의 현안이 되어 있는 사업을 점검해나갔다. 전산화된 도면과 님비현상을 겪고 있는 민원까지 빼곡하게 쓰인 글자로 눈이 뻑뻑해져왔다. 나이가 들어갈수록 신체 노화는 도미노처럼 꼬리에 꼬리를 물고 잇달아 이어지는 듯했다. 발의 통증은 무릎에도 영향을 주었지만, 허리까지 나약하게 만들었다. 의자에 앉아 있으면 저절로 허리가 구부러졌고 기울어진 어깨는 목에도 영향을 주었다. 묵직한 통증이 목덜미와 머리까지 미치니 시력 또한 불편해졌다.

흐르는 물에 잠깐 눈을 씻고 싶었다. 화장실 가는 길에 다은이 근무하는 부서의 문이 열려 안이 환히 보였다. 대부분 컴퓨터를 들여다보고 있어서 조용히 지나가야 했다. 다은은 그들 사이를 절뚝거리며 지나다녔고 앉아서 컴퓨터를 보던 직원들은 얼른 화면 배경을 바꾸며 그녀가 지나가기를 기다렸다. 아무도 그녀의 일을 거드는 사람은 없었다. 그녀는 파쇄 문서를 쓸어 담은 거대한 봉지를 낑낑거리며 끌고 가 엘리베이터 앞에 서 있었고 나와 눈이 마주치자 잠시 고개를 까닥이더니 이내 엘리베이터를 타버렸다. 화장실 수채엔 밀대를 헹궈 뿌옇게 변한 물이 거의 다 빠지고 있었다. 그녀는 다은이 고작 사무실 환경을 깨끗하게 하는 일 때문에 남았나 싶어 마음이 불편해졌다.

밤 열 시 반이 넘어 집에 갈 채비를 하며 창밖을 내다보았다. 일 층 로비에서 누군가 달을 보고 있었다. 다은이었다. 그녀는 하늘거리는 하얀 원피스를 입고 다소곳이 서 있었다. 구부러진 그녀의 어깨가 가볍게 흔들렸다. 나는 혹여 그녀가 돌아볼까 얼른 창가 내 자리의 컴퓨터를 끄고 책상 서랍을 다시 잠갔다. 자잘한 세금 관련 서류 뭉치는 종이가방 속에 넣고 책상 문을 잠그고 주섬주섬 형광등 불을 끄는데 차 한 대가 끼익 하고 서는 소리가 났다.

그녀 앞에 도착한 차는 평소 다은을 데리러 오던 흰 차가 아니었다. 검은 리무진에서 내린 남자는 다은에게 누런 봉투를 건넸고 다은은 자기 핸드백에서 약봉지같이 희고 작은 종이봉투를 꺼내 주었다. 나는 밤공기가 차지도 않은데 팔에 소름이 돋았고 나 아닌 다른 사람이 그 광경을 볼까 두려워졌다. 다행히 일 이 분 안에 그 교환은 끝났고, 검은 선글라스를 낀 남자는 다시 차에 올라 곧바로 출발했다. 본의 아니게 공범이 된 기분이었다. 다은은 검은 리무진을 지켜보며 움직임 없이 서 있었는데 마치 타이밍을 맞추려는 듯 흰색 승용차가 그녀 앞에 도착했다. 얼른 타라고 재촉하듯 그녀가 두 다리를 밀쳐 넣어

문이 닫히자마자 차는 출발했다. 이건 뭐지?

그녀가 늦게까지 근무한 게 한두 번이 아니었던 모양이다. 무슨 이유 때문인지 실내 분위기가 몹시 어수선했다. 팀장을 불러 무슨 일이냐고 물었다. 총무과에서 과다 초과근무자 명세서를 팀장들한테 통지하고 사유서를 받으라고 했다는 내용이었다. 나는 드디어 올 것이 왔다는 생각이 들었다. CCTV로 확인해보면 다 알 수 있었다. 낮에는 놀고 밤에 일하는 직원이 눈에 띄게 늘었고, 반대로 느슨하게 일하여 시간을 늘리는 친구도 있었다. 일 인당 월별 초과근무 시간에 대해 한도가 정해져 있는데 직원들은 요령껏 아슬아슬하게 한도를 맞췄다. 생계형이란 용어를 그들은 대수롭지 않게 썼다. 그런데 그 불똥이 다은에게 튀었다. 공교롭게도 다은의 초과근무 시간이 상한선을 넘어버렸다. 경위서는 결국 다은이 써야 했다.

나는 슬슬 복도를 지나치다 옆방 사무실로 들어갔다. 송 과장과 협의할 사항이 있다는 핑계를 댔다. 해맑게 웃으며 인사하던 다은은 내가 들어서도 못 본 채 무언가에 집중하고 있었다. 나는 그녀에게 주어진 일이 따로 분장되어 있지 않아 특별히 급하게 처리해야 할 일이 없다는 사실을 알고 있었다. 그녀가 무언의 시위를 하고 있다는 걸 알아차릴 수 있었다. 한 치의 눈빛도 흐트러뜨리지 않고 그녀는 컴퓨터 화면을 노려보고 있었다. 그런데 바로 그 순간, 감사실에서 그녀를 호출하는 전화가 걸려 왔다. 나는 분위기가 심상치 않게 돌아가는 것 같아 금방 자리에서 일어섰다. 송도 흡연실로 간다며 더는 나를 붙잡지 않았다.

"뻔하지, 뭐. 제가 무슨 돈으로 명품 구두를 신겠어? 말단 월급으로."

"특별대우를 해주니 공주가 된 줄 아나. 아우, 부러워, 특혜 받는 삶."

휴게실에 모인 직원들은 나를 보자 깜짝 놀랐다. 직원 하나가 소스라치게 놀라며 종이컵을 쓰레기통에 던졌다. 컵은 통 안에 들어가지 않고 모서리에 튕겨 바닥에 떨어졌다. 하지만 아무도 줍지 않고 뿔뿔이 흩어졌다. 나머지 직원들도 갑자기 휴대전화를 귀에 대며 슬머시 빠져나갔다.

그날 다은은 감사실에 경위서를 제출하지 않은 채 사라졌다. 술렁였던 사무실 분위기는 다시 안정되는 것 같아 보였는데, 며칠 뒤 송이 나를 찾아와 푸념을 늘어놓았다. 아무도 허드렛일을 안 해서 사무실이 엉망이라고 난리였다.

"요즘 애들, 예전 같지 않아서 뭘 시키기가 겁이 납니다. 과장님 부서 이 주무관이 성격 좋고 일도 잘한다던데 우리 부서로 보내주면 안 되겠습니까?"

"과장님은 내가 만만한가 봐요. 전에는 다은을 우리 부서로 보내겠다더니 이번에는 이 주무관을 빼 가려 하시네."

그도 이 주무관이 착하고 예의 바르다는 소문을 누군가에게서 들었던 것 같다. 송은 언제부터인가 나를 무시했는데 내가 정식 공무원으로 입사하지 않은 사실을 알고 난 뒤부터였다. 그의 부탁을 대체로 잘 들어준 내 탓도 있었다. 나는 송의 뻔뻔한 태도가 마음에 안 들어 대체 직원을 고용하든지 아니면 차라리 다은에게 찾아가보라고 했다. 송은 마치 그 말을 기다렸다는 듯 태도를 바꿨다. 유리구두가 벗겨진 날 다은의 방에서 올가미를 발견했다는 것이었다. 송은 그 대목에서 몹시 흥분했다. 본인이 아무리 잘해도 부하 직원에게 탈이 생기면 자신의 안위를 지키지 못하는 것을 알기 때문이었다. 모두 자신의 불명예로 돌아올까 노심초사하는 그의 모습이 가소로워 보였다. 송은 자신에게 온 문자를 나에게 보여주었다.

'나이 많은 장애인입니다. 직장 내 태움이 사람을 죽인다고 합니다. 방송사에 전화도 할 수 있습니다. 아이가 돌아갈 수 있도록 설득해주십시오. 다은 엄마.'

송은 불쑥 내 손을 잡았다.

"선배님. 다은이 집에 같이 좀 가줘요. 혼자는 죽어도 못 가겠어요."

"내가 뭐라고…. 별로 도움이 될 것 같진 않은데."

"아니죠. 같은 여성이고 과장님은 연세도 있으시니, 잘 구슬리면 알아들을 거예요. 부탁드립니다. 제발요."

"좋아요. 옆에만 있어드릴게요."

그는 확실히 수완이 좋은 것 같았다. 언젠가 그가 승진하면 나는 또 그를 국장님으로 모셔야 한다. 내 머릿속에서는 머잖아 바뀌게 될 그와 나의 위치와 그에 따른 처세 손익이 분주하게 계산되고 있었다.

퇴근 후 송의 벤츠를 타고 다은의 집이 있는 상계동으로 갔다. 그는 고급 승용차를 수시로 교체한다고 소문이 났는데 쥐꼬리만 한 월급에 어떻게 그럴 수 있는지 나는 마냥 신기하기만 했다. 몇 동밖에 없는 낡고 오래된 아파트 단지, 다은의 집 초인종은 표면이 누렇게 변색해 잘 눌러지지도 않고 끈적거렸다. 송을 돌아보자 그는 긴장한 표정으로 굳게 입을 다물고 있었다.

출입문이 열리고 다은 엄마가 몸을 반쯤 내밀어 우리를 쳐다보았다. 그녀는 냉랭한 표정으로 잠시 우리를 주시하다가 들어오세요, 하고 내키지 않은 어조로 중얼거렸다. 열여덟 평 남짓한 아파트 현관은 신발을 벗어둘 틈조차 없이 비좁았다. 작은 거실에 방 두 칸, 문을 닫으면 답답했던지 방마다 다 열어젖혀놓고 있었다. 언뜻 둘러보니 세 평 남짓한 출입문 앞쪽 방에 누군가 누워 있었다. 인기척이 들리자 조용히 문이 닫혔다. 그때 나는 덜 닫힌 문틈으로 괴이한 장면을 목격했다. 분명 사람의 잘린 발이었다.

나는 소름이 오싹하여 중심을 잃고 휘청했다. 그러자 송이 무슨 일이냐며 반사적으로 내 어깨를 잡아 부축했다. 다은 엄마는 서두르듯 우리를 소파로 안내한 뒤 분주하게 몸을 움직였다. 하지만 앉아 있는 내내 좀 전에 목격한 잘린 발 모양이 떠올라 마음이 불편했다. 그녀는 냉장고에 든 매실 진액을 꺼내 물을 가득 타서 컵 두 개에 나눠 가지고 왔다. 송은 목이 타는지 그것을 단숨에 마셨고 나는 마음을 진정시키면서 안방의 살림살이를 훔쳐보았다. 그릇 장식장에는 동대문 시장에서 샀을 듯한 그릇과 인형들이 빼곡히 진열돼 있었다. 좌식 화장대에는 먼지가 내려앉은 액자가 있었다. 요술 지팡이를 든 다은이 분홍 드레스를 입고 있었다. 샌들을 신고 있는 다은의 발은 멀쩡했다. 누렇게 탈색한 액자 옆에 눈에 띄는 것이 있었다. 달빛에 빛나던 하얀 종이봉투였다. 다은 엄마는 우리 앞을 막아선 채 묻지도 않은 말들을 주절주절 쏟아냈다.

"교통사고였으니까요. 우리는 앞좌석이라 안전띠를 맸는데 저 애는 그대로 다리가 깔렸죠. 차라리 우리가 다쳤어야 했는데…. 졸음운전이 그토록 큰 사고를 일으킬 줄이야…. 사고로 우린 모든 것을 잃었어요. 애 아빠는 뇌졸중을 앓다가 겨우 일어나서 재활용품 수거 일을 하고 있어요. 저도 성치 않습니다. 신경정신과 약을 타 먹어도 늘 머리가 아파요. 그나마 저 아이 벌이로 겨우 생활하고 있어서…"

목이 메인 다은 엄마는 잠시 말을 쉬었다. 걱정했던 것과 달리 언성을 높이지 않아 내심 편안해졌다. 송 과장에게 반감을 표지하도 않고 오히려 얼른 다은을 달래 복귀시켜달라는 의도를 내비쳤다.

"애가 애착이 심해요. 아직도 한 번씩 악몽을 꾸곤 하는데 그래서 그런지 어릴 때 잃어버린 발 대신에 부착했던 의족을 지금까지 모아두지 뭐예요. 다 자라서 의족도 이젠 더 살 필요도 없지만, 안쓰러워서 원."

그녀는 나와 송의 눈을 번갈아 쳐다보며 더는 지난 일들을 떠올리기 싫다는 표정으로 치를 떨었다. 그때 비밀번호를 누르는 소리가 들리고 덜컥 현관문이 열렸다. 검은 비닐봉지가 날아와 거실 한가운데로 툭 던져졌다. 우리는 "어이쿠" 하고 뒤로 물러나 앉았다. 곧이어 안으로 들어선 늙수그레한 남자는 다은의 아빠인 듯했다. 알코올과 담배 냄새가 묘하게 섞여 매콤한 냄새가 실내 공기를 오염시켰다. 그는 허리를 구부정하게 한 상태로 손을 비볐다. 예기치 못한 사람들 속에서 그는 불안한 눈을 굴리며 시선을 맞추지 못하고 한마디 말도 없이 입술을 꽉 다문 채 밖으로 나갔다. 쿵, 하는 문소리만 그의 잠재된 불만을 표출하였다.

돌아가는 분위기가 심상찮게 여겨졌는지 송은 팔을 걷어 손목시계를 보며 안절부절못했다. 금빛 반짝이는 시계와 손등의 검은 털이 묘한 조화를 이루고 있었다. 그는 눈을 가느다랗게 뜨고 건너편에 어중간하게 열려 있는 다은의 방 쪽을 노려보았다. 그는 무겁게 닫고 있던 입을 열어 자신이 찾아온 이유를 말하기 시작했다.

"아시겠지만 다은 주무관은 복무를 위반했습니다. 애초 초과근무 때문에 문제가 된 사안은 경위서만 쓰면 넘어갈 수 있는 문제였는데 무단결근까지 하니 문제가 복잡하게 꼬이고 있습니다. 관공서에서 근무한다는 건…"

송 과장이 거기까지 말했을 때 다은 엄마가 말을 잘랐다.

"아니, 과장님. 저 아이가 일을 많이 한 것뿐인데 경위서라뇨. 오히려 일 안 하고 늦게까지 남아 있는 직원들을 문책하시는 게 맞지 않나요? 사과하세요. 남들 하기 싫은 일 맨 마지막까지 남아서 한 게 그렇게도 잘못된 일인가요? 불쌍한 애 좀 하나쯤 잘 봐주면 안 되나요? 왕따에다 갑질까지 심하잖아요."

다은 엄마는 옆에서 보기에 좀 심하다 할 정도로 자신들을 보호했고 이야기는 원점으로 돌아갔다. 나는 집으로 돌아갈 생각에 마음이 급해져왔다. 조금 있으면 아이가 퇴근해 올 시간이었다. 괜히 송을 따라왔나 후회도 되었다. 그들은 당사자인 다은의 얘기는 듣지도 않은 채 시간을 버리고 있었다. 열린 방문 안쪽에서 움직임이 느껴졌다. 비닐에 싸인 원피스가 다은의 몸에 스친 것 같았다. 사그락거리는 소리 때문에 다은의 목소리가 숲속 바람 소리처럼 들렸다.

"나 무시당하는 거 다 알아요. 투명인간 취급을 해도 내 할 몫은 다 한다고 생각해요. 자기네들이 불편하니까 날 내쫓으려는 거잖아요. 월급충쯤으로 여기는 것은 참을 수 있어요. 하지만 가짜로 초과근무하는 사람은 왜 가만두는 건가요?"

그러자 송이 당황해했다.

"물론, 억울한 면이 없진 않아. 감사실에서 매번 쪽지로 경고했잖아. 한도만 지켰으면 이런 일이 없었겠지. 누군가는 총대를 메야 하고."

다은도 지지 않고 똑 부러지게 말했다.

"하필이면 콕 찍어 왜 전데요? 저번 달도 지지난번 달도 저보다 더 많은 초과 수당을 타 간 직원들도 있는데, 왜 이번 달을 선택했을까요. 모순 아닌가요?"

다은의 목소리가 소곤거리듯 작아졌지만 내 귀엔 선명하게 들렸다.

"엄마, 나 이제 스스로 결정하고 싶어. 엄마도 자유롭게 살아요. 매일 데려다주고 데리고 가고, 물론 내가 벌어야 생활이 되겠지만 저는 이제 좀 쉬고 싶어요."

다은이 거실로 나서며 분명한 어조로 말했다. 그녀의 눈에서 눈물이 흐르고 있었다. 나는 다은이 뭘 원하는지 알 수 있었다. 언젠가 내 아이가 울고 있는 걸 본 적이 있다. 신체적 장애든 정신적 장애든, 자기 자신이 남들보다 모자란 것을 안다. 하지만 지나친 보호도 그들에겐 감옥이다. 내 명치끝은 돌덩이에 맞은 듯 아팠다. 송은 이런 불편한 상황에도 두 종류의 서류를 내밀었다. 경위서와 사직서였다.

나는 송의 복심을 알고 있었다. 얼마 전 국장실에서 결재판을 안고 기다리다가 그것을 눈치챘다. 다은이 스스로 퇴직하게 만들려는 송의 전략은 국장의 동의를 얻은 듯했다. 직원들에게 다은의 비정상적인 행위에 대해 확인서를 받고 다은 엄마의 항의 전화 목소리도 녹음하게 했다. 근로복지공단에 제출할 서식 하단의 퇴직 사유에 대해 이미 직원들과 논의해둔 상태였다. 송은 일부러 선택지를 고르도록 준비했던 게 분명했다.

다은은 묵묵히 송이 준비해 온 사인펜을 집어 들었다. '원에 의해 사직'이라는 문구 옆에 서명란이 있었다. 나는 그녀가 서명할까 봐 두려웠다.

"다은아!"

내가 그녀의 이름을 불렀을 때 다은은 모든 동작을 멈추고 나를 바라보았다. 그녀는 거의 동시에 그녀의 엄마를 쳐다보았다. 모녀는 상기되었다. 송은 양미간을 한껏 좁힌 채 날카로운 눈빛으로 나를 노려보았다. 한참 동안 말이 없던 다은은 이렇게 말했다.

"경위서를 쓸게요. 억울하지만 어쩌겠어요. 누구나 입장이란

게 있으니."

 순간 나는 송의 표정이 궁금했다. 오랫동안 직장 생활을 하면서 나는 속마음과는 다른 표정의 얼굴들을 보아왔다. 헛웃음을 웃는다든지 입술이 일그러진다든지, 숨기려 하지만 감추지 못하는 것이 속마음이다. 송은 한숨과 함께 서류를 집어 들고 일어섰다. 나는 왠지 속으로 통쾌한 웃음이 났지만 나 역시 속의 것을 숨겨야 했다. 송의 등 뒤를 따르다 나는 홱 몸을 틀었다. 다은이 눈을 동그랗게 뜬다. 그녀의 귀에 살며시 두 손을 포개고 물었다. 그녀는 활짝 웃으며 대답했다.

 "아, 그거요? 약 봉투예요. 가끔 발이 잘리는 꿈을 꾸거든요. 저처럼 사라진 감각에도 통증을 느끼는 사람들이 많지 뭐예요. 페이스북에서 히말라야 사람을 만났어요. 높고 험한 산이다 보니 가끔 동상에 걸려 발이 잘려 나가는 사람이 있대요. 원주민들이 뿌리를 채취해 말려서 파는데 불면증 치료에는 그만이에요. 블로그에 제 임상을 올리면 그걸 보고 많이들 주문해요. 어떨 땐 제 봉급보다 많을 때가 있더라고요."

 나는 송을 내버려둔 채 그녀의 말을 다 들었다. 다은이 대견했고 고마웠다. 송은 다은 엄마가 다시 주워 현관에 내놓은 검은 봉지에 발이 걸려 하마터면 넘어질 뻔했다. 봉지는 입을 벌리며 갖가지 신발을 토해냈다. 집 현관에 들어설 땐 눈여겨보지 못한 수십 켤레의 구두가 내 신발과 뒤섞여버렸다. 진주알

구두와 유리구두도 보였다. 나는 그날 신고 간 신발을 내버려 두고 유리구두를 집어 들었다. 다은의 불편한 발을 감싸안았을 투명한 구두를 신기한 듯 만지자 다은이 말했다.

"신어보세요. 기분이 좋아질 거예요. 언젠가 과장님 발을 본 적이 있어요. 저만큼은 아니지만 힘들어 보였어요. 과장님이나 저나 불편한 세상을 두 발로 꿋꿋하게 걷고 살아야 한다는 건 똑같다고 생각했죠. 이 유리구두는 수액을 채취해 특수 약품으로 처리해 만들어서 어떤 발이라도 아프지 않게 한답니다."

생각보다 높지도, 딱딱하지도 않았다. 꼭 들어맞는 것이 그녀의 말대로 특별한 것 같았다. 유리처럼 투명해 보이지만 말랑하고 촉촉하여 아기 고무신 느낌이다. 나는 문득 아기 때 찍은 사진이 떠올랐다. 시골집 작은 마루에 동무랑 나란히 앉혀 놓고 부모님이 찍어주었던 사진에는 하얗고 조그만 고무신을 신은 귀여운 발이 있었다. 인생이 오십 년을 훌쩍 건너뛰어버린 것 같아 아찔했다. 내가 아무리 괜찮다고 해도 다은은 유리구두를 신고 가도록 했다.

해 질 녘이라 주차장에 세워둔 송의 쥐색 승용차가 잘 보이지는 않았다. 의외로 외제차가 즐비한 아파트 주차장이다. 그는 바지춤에 손을 넣은 채 차량에 손때라도 묻었을까 이리저리 살피더니 바로 차에 올라타 급하게 시동을 걸었다. 가장 가까운 역에 나를 내려줄 때까지도 그와 나 사이엔 어색한 침묵만

흘렸다. 이윽고 역에 도착하자 나는 잘 가요, 하는 인사말만 어정쩡하게 내뱉고는 도망치듯 차에서 내렸다. 굽이 있어서 계단을 내려갈 땐 다리가 휘청거리기도 했지만 곧 익숙해졌다. 사람들이 위태한 시선으로 내 발을 내려다보곤 했지만, 지하철을 두 번 갈아타는 동안에도 별 불편함을 느끼지 못했다.

환승역에서 승객들이 내리자 빈자리가 생겼다. 비좁은 전철 좌석에 옆 사람이 자리를 좁혀왔지만, 무릎을 들어 유리구두를 벗었다. 울퉁불퉁하게 생긴 발 모양이 그대로 드러났다. 나는 벗은 발 하나를 나머지 발에 올리고는 조용히 전화를 걸었다.

"아들, 도착했어? 혼자서 밥 차려 먹을 수 있지?"

일을 마치고 돌아온 아들은 걱정하지 말라고 대답한다. 나는 발밑의 유리구두를 가만히 내려다보며 내일의 우리를 상상해본다.

목리

남자는 작업대 앞에서 서성거렸다. 백열등 아래 그의 낯은 창백했으며 아직 완성되지 않은 도안에서 눈길을 떼지 못했다. 그는 한쪽 다리로만 지탱하고 있어서 비스듬히 서 있는 모양새였다. 문득 누군가 그를 보고 있다는 느낌이 들어 유리창 밖을 쳐다보았을 때 여자와 눈이 마주쳤다. 여자는 용케 달아나지 않고 문을 열었다. 근처에 배회하던 길고양이가 날카로운 소릴 지르며 지나갔다.

무지로 만든 긴 앞치마에 손을 훔치고 남자는 손을 내밀었다. 여자는 주머니에서 손을 빼지 않고 똑바로 걸어갔다. 그녀가 절에서 내려와 수없이 드나들었지만 정작 그의 작업실에 들른 건 처음이었다. 출입구 맞은편에 걸려 있는 흑백사진에는 교토의 광륭사와 그 앞에서 남루한 옷을 걸친 소년이 마치 딴 세상에 옮겨놓은 동물처럼 서 있다. 비록 빛에 그을리고 땟물이 흘러도 잘생긴 아이의 얼굴은 명민함과 수려함 때문에 애련했다. 그의 얼굴은 그때보다 각이 지고, 주름이 깊었으며, 눈 밑이 움푹 팼다. 지금 그의 얼굴은 색 바랜 사진처럼 기가 빠져 보였다. 남자가 겸연쩍은 듯 헛기침을 했다.

남자가 여자 뒤에서 모자를 벗기자 맨드라미 같은 머리가 나타났다. 남자는 여자의 뒤통수에 입맞춤하다가 점차 귓불, 입술 쪽으로 이동한다. 곧 여자의 입에 혀를 집어넣을 기세다. 여자는 살짝 내치며 남자를 향해 돌아섰다.

"먼저 도망간 건 당신예요. 비구니를 집에 내버려둔 채 달아나버릴 수 있나요?"

"절을 떠나올 줄 예상이라도 했겠어?"

"당신이 나를 사랑하는 줄 알았어요."

"어리석긴. 내 탓이 아니야. 당신이 연애를 안 해본 탓이지. 내가 해줄 수 있는 건 아무것도 없어. 집착을 버려."

남자는 턱을 치켜올리며 회색 벽을 가리켰다. 평평한 등과 절룩거리는 다리로 저 먼저 걸어갔다. 벽에 붙은 통나무 작업대에는 마름된 적송이 놓여 있고, 적송의 붉은 기운이 나이테를 따라 파동을 일으키고 있었다. 그 옆에는 연필로 소묘한 여자의 그림이 벽에 걸려 있었다. 그녀를 우러러 존경하였으며 그가 그녀의 모습을 가장 사랑했던 한때였을 것이다. 그러나 그런 순수한 열정은 이상하게도 한번 품고 나면 사라졌다.

여자는 나무 둥치로 만든 평평한 의자에 털썩 주저앉았다. 한때 비구니였던 여자의 짧은 머리는 막 자라는 풀잎같이 제멋대로 삐죽삐죽 올라와 있다. 여자가 머리카락을 훑어 올리니 하얀 이마가 불빛에 반사되었다. 손수건으로 열 개의 손가락을 누에가 실을 뽑아내듯 한 올 한 올 정성껏 닦던 여자는 적송 쪽으로 몸을 기울였다. 그 앞에서 손을 모으고 머리를 조아렸다.

남자의 주머니가 들썩거렸다. 이미 사용한 장롱을 어떻게 도로 받습니까? 대금도 써버렸는걸요. 아무튼 곤란합니다. 사모님이 아프신 건 가구 때문이 아니라 원래 지병이 있었던 걸로 아는데요. 그럼 이만….

남자는 전화를 끊고 헛웃음을 쳤다. 손을 꼽아보고 고개를 갸우뚱거렸다. 탁상용 달력에는 가위표와 동그라미가 그려져 있었다. 사실 이런 일들은 흔했다. 나무에 좋지 못한 혼이 따라왔다느니, 가구가 들어온 날이 좋지 않았다느니, 이런저런 핑계로 무르려는 실랑이를 피하고자 고급 손님만 상대했건만 사람은 다 같은 모양이었다. 남자는 전화기를 아무 데나 던져놓고 여자와 적송을 번갈아 견주었다. 비율이 적당했다. 경험상 재료가 돌이건 나무건 원형의 본질을 표현하려고 할 땐 적정한 비율과 질감 그리고 형상화를 위한 상상력이 관건이었다.

여자의 눈매는 가늘고 길었다. 지치고 피곤한 기색이 그녀의 눈초리에 감겨 있었지만 입꼬리만은 양쪽으로 처지지 않았다. 좁은 어깨와 날씬한 허리는 여전했다. 남자는 급히 연필을 들고 와 도안 위에 선을 집어넣었다. 그의 표정은 자못 들떠 있었다.

"내일 와줘. 이제 가구는 팔지 않겠어."

"그럼 간판을 내려야겠죠."

"그래도 주문하면 만들어줘야지. 나무의 숨결을 원하는 사람들이 있거든."

날이 어두워지자 여자는 바쁜 듯이 일어섰다. 남자는 여자가 잘 곳을 찾아 작은 암자를 찾을 줄 뻔히 알면서도 붙잡지 않았다. 그녀가 다시 오리라는 확신이 있었다. 남자는 여자의 모습이 보이지 않자 전시해둔 지 오래되어 먼지가 쌓인 가구들 앞을 왔다 갔다 하며 턱에 손을 짚기도 하고, 가구를 흔들어보기도 하며 그 앞에 쪼그려 앉아 멍한 표정을 지었다.

그의 고향은 화전민이 터를 일구었던 부곡이었다. 거류민들은 도가니를 만들고 여우를 잡아 팔며 구차하게 연명하다가 일본으로 건너가 막노동을 했다. 그가 서너 살이 될 무렵 부친이 돌아가셨다. 아버지의 얼굴은 떠오르지 않지만 여우 울음소리는 희미하게 기억되는 어린 시절이었다. 이웃 어른이 후쿠시마에서 교토로 옮겨 가는 바람에 그는 불교 물품을 제작하는 공방의 심부름꾼이 되었다. 목재소에서 싣고 오던 나무가 그의 장딴지를 짓눌러 분지른 이후 그는 다리를 저는 신세가 되었다. 공방에서 가장 잘 팔리는 것은 반가사유상이었다. 조각장들은 나무에 손을 대기 전에 온천에 가서 몸을 씻고 유가타를 입은 채 향을 피웠다. 남자는 나이 든 조각장이 목욕을 하는 동안 좌우로 흔들리는 몸으로 그들의 시중을 들었다. 길고 고달픈 도제 기간이 지나자 마침내 그도 조각장이 되었다.

남자는 마흔이 넘자 정신이 번쩍 들었다. 남의 나라에서 반가사유상을 조각할 것이 아니라 고국에 가야겠다는 생각이었다. 언론에서 떠드는 국보의 정통성에 대해서도 오랫동안 고민했기에 결정은 단번에 이루어졌다. 그는 모아둔 수입을 정리하고 일본인 아내와도 이별을 선언했다. 아내는 여자로서 남편을 따르는 것도 소중하지만 대대로 살아온 고향을 떠나고 싶지 않다고 했다. 그런 아내를 존중했을 뿐이다. 남자는 가볍게 길을 나섰다. 언젠가 조각장들이 자기네끼리 속삭이는 소리를 귀담아들은 적이 있었다. 오래된 붉은 소나무에는 혼이 있어 끌을 대기만 해도 미륵의 형상이 나타난다고 했다. 나무만 찾으면 될 것 같았다.

그는 김해공항에 발을 디뎠을 때 코를 벌름거리며 냄새를 맡았다, 그의 기억 속에 남아 있을 항구와 바다의 짠 내를 콧속 더듬이로 더듬거리듯. 남자는 비행장의 소음과 리무진, 여행객

들 속에서 한동안 떠밀려 다니다 겨우 경주행 표를 샀다. 한밤에 도착한 그는 경주터미널 근처에 숙소를 얻어놓고 늙은 소나무가 어디쯤 있는지 물었다. 사람들은 알아도 함부로 말하지 않았고 몰라서도 가르쳐주지 않았다. 묘지로 뒤덮인 산길을 헤맸다. 이슬을 빨아들인 나무가 차가운 김을 내뿜는 새벽에도 소나무를 찾아 숲을 뒤졌다. 안개 낀 흥덕 대왕릉에서 무희처럼 춤추는 도래솔을 보고 감격에 젖어 운 적도 있었다. 그는 다짐했다, 전국을 다 뒤지고 훑어서라도 천년을 산 적송을 찾아내리라고.

그가 고국에 돌아와 먹고살기 위해 가구 거리에 점포를 낼 때만 해도 사람들의 발길이 끊이지 않았다. 하지만 아파트에 붙박이장이 늘자 사람들은 구형 가구를 죄다 버렸고 필요한 물건은 인터넷으로 주문했다. 더 이상 손으로 만든 가구를 찾지 않자 문을 닫는 가구점이 많아졌고 폐가구들이 길거리에 쏟아져 나왔다. 다른 이들처럼 가구 거리에서 점포를 뺀 그는 경주 외곽 산자락으로 자리를 옮겼다. 아파트를 지을 때 관리실로 쓰던 조립식 컨테이너를 헐값에 구입했다. 그날 밤 꿈을 꾸었다, 현실과 구분하지 못할 정도로 선명한. 혼이 보였다. 제각기 다른 혼을 가진 나무들이 그에게 손짓하더니 그의 목에 칼을 들이댔다. 번쩍 눈을 뜨자 차가운 느낌이 들었다. 베개와 요가 땀으로 눅눅했다. 그대로 자리에 앉은 채 두근거리는 가슴을 간신히 누르고 눈을 감았다. 생각 끝에 결론을 얻은 듯 그는 허벅지를 쳤다.

 조각도를 들고 맨 처음 조각한 것은 나비였다. 나비를 잡아왔다. 작업실 안에 가둬둔 나비가 팔랑거리자 공기 중에 분이 날렸다. 그는 분을 쫓아 코를 킁킁거렸고 나비의 미세한 날갯짓을 가만히 쳐다보았다. 나비가 나는 것처럼 양 팔을 위아래로 휘젓자 발 하나를 잃은 나비가 된 양 비틀거렸다. 몇 마리는 나무와 함께 태웠다. 꿈틀거리는 나비를 나무에 꽂아 나비의 혼을 찾았다. 꽃의 정령도 불러냈다. 장미, 쑥부쟁이, 제비꽃 할 것 없이 닥치는 대로 꽃을 나무에 올려놓고 오렸다. 어떨 때는 새알도 그의 작품이 되어 마치 나무가 새를 낳는 것 같은 형상이 되었다. 산행을 하던 교수들이 작업실에 들러 그의 작품을 보고 소리를 질렀다. 눈물을 글썽이며 바르르 떨거나 그의 손을 붙잡고 마구 흔들었다. 그는 그의 인생에 새로운 종이 울리는 걸 느꼈다. 그들은 그를 교수님이라 불렀다. 그의 작업실에는 대학교수뿐만 아니라 문인, 화가, 음악가들이 들락거리며 그의 작품과 가구를 주문하고 사주었다. 입소문을 타고 그의 작품을 구경하러 온 여인들은 삼삼오오 몰려와 경쟁하듯 물건을 예약하고 그의 통장에 입금부터 했다. 공장에서 찍어낸 가구와 제품들은 차별화되지 않는다고 부자들은 불평했다. 그들은 특별한 예술품을 원했다.

예술에 관해 진지하게 토론하던 때가 있었다. 미대 교수가 그 비구니만 보면 반가사유상을 떠올린다고 했다. 나중에 찾아간 보리사라는 그곳은 남자의 작업장과 그리 멀지 않았다. 화랑교를 지나 남산의 산자락에 위치한 고즈넉한 절이었다. 석조여래좌상이 대웅전과 삼층탑 그리고 토함산을 굽어보고 있었다. 남자는 꼭 닫혀 있는 법당에 내려와서 문틈을 비집고 안을 들여다보았다. 누가 누구인지 알 수 없는 비구니의 뒷모습에서 그는 가느다란 목과 날씬한 허리를 발견했다. 천천히 돌아 나오는 그의 눈이 휘둥그레졌다. 그는 사람의 등에서 푸른빛을 보았다.

가구 앞에 쪼그려 앉았던 남자가 겨우 일어섰다. 남자는 조각도를 갈기 시작했다. 산부리에서부터 훑고 내려온 바람이 코끝을 찡하게 했다. 날이 숫돌에 갈리자 달빛이 흘러내렸다. 남자는 조각도를 물에 적셔 쇳가루를 흘려보낸 후 헝겊에 물기를 닦았다. 그가 조각장이 되었을 때 아내는 조용히 통장을 내밀며 말했다. 새 칼날로 시작하세요. 이제부터 당신은 영혼을 조각하셔야 해요. 혼혈인 아내의 작은 국화꽃 같은 얼굴이 눈에 선하다. 그가 던져줄 때마다 저축한 금액은 들쑥날쑥했지만 여자의 달거리처럼 찍혀 있었다. 거금이었다. 장인의 손으로 만들어진 조각도는 쇠를 조각할 만큼 날렵하고 세밀하여 하늘하늘한 법의의 흩날림, 연꽃 이파리에 얹힌 이슬조차 영롱하게 조각하는 게 가능했다. 정작 아내의 자궁에 새 생명은 조각하지 못했다.

남자의 시선이 벽으로 향했다. 아내가 도안한 차반, 찻잔, 물잔, 책상이 소묘된 초안이 붙어 있다. 그 앞에 서 있던 사람들은 벽 속으로 딸려 들어갈 것처럼 저절로 몸을 기울였다. 그가 느꼈던 감정을 손님들도 똑같이 느꼈다. 실물인가 싶어 손을 갖다 대는 이도 있었다. 그러다 이내 한숨을 쉬며 물건 값을 물었다. 만들어지지도 않은 물건을 미리 흥정하고, 약속한 날에 맞춰 나무에 조각도를 댔다.

아내는 도제 동기였다. 그녀가 잠시 심부름을 갔을 때 막연히 열어본 뒤주에서 작은 화첩을 발견했다. 열여덟 살이 그렸을 거라고는 상상도 못 할 도안이었다. 그녀의 피처럼 실크로드 어느 한 지점에서 만나 섞이고 융합했을 법한 기괴한 선이 그의 마음에 상처를 입혔다. 그는 초인적인 집중력으로 머리에 새겨 넣고 도둑고양이처럼 민첩하게 뒤주의 뚜껑을 닫았다. 훔친 형상을 기억하기 위해 자신의 화첩에 복제하느라 정신없을 때 막 돌아온 소녀는 잠시 머뭇거렸다. 두 사람 사이에 이상한 기류가 지나가고 소녀는 그에게 뭔가를 뺏긴 듯한 눈빛을 보냈다. 뺏은 혼은 돌려줄 수 없었다. 그는 이후로도 몇 번 더 뒤주를 열어보았지만 영혼을 느낄 만한 도안은 볼 수 없었다. 대신 그의 평범한 아내가 되었다.

남자는 소묘 도안을 뚫어지게 쳐다보다가 낡은 서랍장에서 화첩을 꺼냈다. 한 장 한 장 넘기는 그의 손이 떨렸다. 흐릿한 연필 자국과 구김이 간 종이 끄트머리는 닳아서 얇아져 있다. 누렇게 변색한 종이에서 좀이 기어 나왔다. 남자는 엄지로 짓눌러 죽여버렸다. 페이지를 더 넘기자 다리 한쪽을 무릎 위에 얹은 형상이 나타났다. 그는 작업대를 양손으로 짚고 일어나 목재 저장고로 건너갔다. 돌확에 심어놓은 연꽃이 오므라들어 속을 감추고 있었다.

켜켜이 쌓인 나무가 쩍쩍 소리를 내고 있다. 그는 벚나무 하나를 끄집어내 전기톱으로 자른 뒤 작업대로 옮겨 왔다. 그의 손은 끝을 따로 구분하지 못할 정도로 날렵하게 움직였다. 나무는 날카로운 끝이 지나가 한 겹씩 벗겨질 때마다 혈관이 만들어지고 피가 흐르듯 생생해졌다. 밤은 소리 없이 비껴가고 지저깨비들이 달빛 속에서 요염하게 흩날렸다. 서쪽으로 깊이 기울어진 달이 아직도 작업장을 훤하게 비추고 있다. 잘라내고 파내어 드러난 형상은 고양이였다. 뾰족한 귀와 둥근 얼굴을 한 고양이가 둥글게 등을 말아 올렸다. 고양이는 눈이 없었다. 그는 기괴하다 못해 섬뜩해진 고양이를 쳐다보며 야릇하게 웃었다. 어둠 속에 남아 있는 그의 손등에 피가 흘렀다. 나무 향과 피 냄새가 섞여 비린내가 났다. 그는 코를 벌름거리더니 자신의 손을 멀찌감치 내려다보았다. 큼직하고 평면적인 그의 얼굴과는 대조적이어서 손 대신 새가 팔딱거리는 것처럼 보였다. 남자는 손을 앞치마에 대충 닦은 뒤 힘겹게 몸을 일으켜 컨테이너 방으로 걸어갔다. 직사각형의 동굴 같은 그의 방 가득 파란 달빛이 쏟아져 있었다. 남자는 유리문을 힘겹게 밀치고 들어가자마자 잠이 들었다.

 남자가 눈을 뜬 건 창 안으로 들어오는 햇빛 때문이 아니라 미닫이 유리문을 두드리는 소리 때문이었다. 여자가 문 앞에 서 있었다. 남자는 누운 채 눈을 문질렀다. 눈곱이 붙어 잘 떨어지지 않았다. 시계가 벌써 열두 시를 가리키고 있었다. 두 손으로 이마에 흘린 머리카락을 걷어 올리고 뒷머리를 긁적이며 하품을 했다. 남자의 손등에 맺힌 핏덩이가 머리카락에 걸렸다. 남자는 눈살을 찡그리며 손등에 입김을 불었다. 여자가 또다시 문을 두들기자 남자가 꽥 소리를 질렀다.

 "좀 기다리라니깐!"

 "오는 길에 고양이가 죽어 있었어요. 관세음보살."

 "죽은 게 아냐, 다음 생으로 출발한 거지. 안아봐도 돼?"

 남자는 슬그머니 일어나 그녀를 맞으며 말했다. 남자가 여자를 안으려 하자 여자가 살짝 밀치며 안으로 들어갔다. 남자는 개켜져 있는 방석 하나를 꺼내 그녀 앞에 놓았다. 천연염료로 물들여진 둥근 방석에는 삼각형의 조각이 촘촘하게 손바느질이 되어 있어 연 잎사귀가 펼쳐진 느낌을 주었다. 여자는 연꽃처럼 다소곳이 앉았다. 얇은 무명옷을 입고 있으면서도 땀을 흘리는 여자를 위해 남자는 얼른 창문을 열었다. 유리창 밖은 수채화를 걸어놓은 듯 팔월의 녹음이 짙었다. 여자의 입술은 꽃잎을 조각한 듯 분홍빛이었다. 다물 듯 말 듯 작은 입이 꼬물거릴 때마다 양반다리를 한 남자의 다리 하나가 덜덜 떨렸다. 여자는 머리를 뒤로 젖히고 낮은 천장을 올려다보았다. 삭막한 철골을 감추기 위해 닥종이를 바른 천장에는 남녀가 뒤엉킨 야화가 빼곡히 채워져 있었다.

"저건 뭐죠?"

"예술이지 뭐, 친구들이 그린 거야." 남자는 머리를 긁적거리며 대수롭지 않게 대답했다. "당신을 소개한… 미대 교수, 유화를 전공한." 남자가 덧붙였다.

못을 박은 자국이라곤 찾을 수 없는 나무 선반 위 알몸의 조형물조차 여자를 쏘아보고 있는 것 같았다.

"외설이에요."

데면데면하게 구는 여자에게 남자는 더 이상 대꾸하지 않고 포트에 물을 부어 넣었다. 물이 끓을 동안 두 사람 사이에는 정적이 흘렀다. 포트의 기계음 소리가 멎자 남자는 둥근 보이차 모서리를 톡 분질러 세차(洗茶)했다. 헹군 물을 버리고 새 물을 붓자 물속에 잠긴 잎들은 감았던 몸을 풀어 원래의 모습대로 돌아가며 붉은 기운을 우려내었다.

"차를 마셔봐. 좋은 차야. 정신을 맑게 하지."
"믿었는데… 돌아갈 데가 없어요."
"돌아가."
풍경 소리가 가볍게 두 사람 사이를 갈랐다.
"틀렸어요, 모든 게."
여자의 가느다란 목이 숙여지며 머리가 툭 떨어졌다.
"내가 뭐 좋다고."
남자의 말에, 여자의 속눈썹 끝에 물기가 어렸다.

남자는 떨어지는 물방울을 물끄러미 보면서 여자와의 처음을 떠올렸다. 그녀를 만나기 위해 장애인용 차량을 보리사 주차장에 세워두고 대숲의 가파른 오솔길을 걸었다. 불편한 걸음이라 오르막에선 숨이 가빴다. 땀이 이마를 타고 관자놀이를 지나 귀 앞까지 흘렀다. 절에 닿자 서산으로 석양이 붉게 물들어 산사를 태워버릴 것 같았다. 하오의 경내는 절간의 고즈넉한 지루함을 더하고 있었다. 그러한 가운데 탑돌이를 하고 있는 비구니가 그의 눈에 들어왔다. 광륭사에서 보았던 미륵보다 현현했고, 아내가 비밀스럽게 소유했던 소묘보다 더 추상적이었다. 탑 둘레를 앞서거니 뒤서거니 하며 뒤뚱거리며 걷는 그의 그림자를 비구니는 조심스럽게 비켜주었다.

주지스님의 반대에도 여자는 그의 모델이 되기로 약속했다. 아주 어릴 적 엄마의 성보다는 부처님의 성이 나을 거라는 친척을 따라 절에 왔을 때 울지도 않고 따르던 것처럼, 그녀는 반가사유상의 모델이 되어주면 평생소원을 이룰 것 같다고 한 그의 말을 그저 받아주었다.

 그의 컨테이너로 왔을 때 그녀가 비구니라는 것을 깜빡하고 안을 뻔했다. 소묘는 쉽지 않았다. 소녀에서 한 번도 여자가 되지 않고 스님으로 살아왔기에 여자의 몸은 남자의 눈길이 닿을 때마다 날을 세웠다. 밋밋한 가슴과 가느다란 팔다리가 마치 버드나무에 갓 피어오른 새싹처럼 떨었다. 밤늦도록 이어진 소묘 때문에 두 사람은 피곤했다. 여자가 괴었던 팔목을 흔들었을 때 남자는 주머니에서 무명베를 꺼냈다. 벌겋게 금이 간 손과 손목, 이마에 흐르는 땀을 닦아주던 남자의 숨결이 뜨거워졌다. 여자는 커다란 불덩이라도 삼킨 사람처럼 몸이 붉게 물들었다. 남자는 참을 수 없는 격정 때문에 여자의 속살을 열고 말았다.

 남자는 그때의 일 때문에 인생을 망치고 싶진 않았다. 핏발이 선 눈으로 찬찬히 바라보았다, 여자의 이마와 턱과 가슴과 다리를. 여자는 염료 처리한 꽃을 하나하나 뜯어서 다시 접착제로 붙여 만든 꽃처럼 삶과 죽음의 이미지를 동시에 가지고 있었다. 남자는 여자의 체취라도 마실 듯 콧방울에 힘을 주고 숨을 들이켰다. 여자의 봉긋한 젖가슴에서 비릿한 냄새가 나는 것 같았다. 남자는 미묘한 변화를 느꼈지만 애써 찾을 필요는 없었다. 이미 도안은 완성되었으니까. 남자는 여자의 가슴께를 다시 흘깃 보았다. 탁자를 짚고 일어선 남자는 생수를 벌컥벌컥 마셨다. 입가로 흐르는 물기를 소매 끝으로 스윽 닦으며 여자를 내려다보았다. 여자는 장난감을 사달라고 떼쓰는 어린아이인 양 버티고 앉아 있었다. 남자는 회유의 빛을 담은 목소리로 속삭였다.

"물 건너오기 전에 다짐한 게 있어. 죽기 전에 영혼을 조각하고 싶어."

"영혼? 그럼 내 영혼은요?"

또 한 번의 정적이 쓱 지나갔다. 남자는 무성의하게 말하거나 말하는 것조차 귀찮은지 뚝뚝 끊어서 대답했다. 여자는 액자를 바라보듯 유리창 너머 먼 산을 바라보았다. 울음을 참는지 어깨를 들썩거렸다. 짧았지만 지루한 시간이 지나자 여자는 허리를 꼿꼿이 세워 바로 앉으며 회색 천 가방에서 부채를 찾았다. 예전에 바랑으로 썼던 가방 속에는 똘똘 만 승복, 신문지에 싼 수제 면도기, 손톱깎이, 손거울이 부채 밑에 놓여 있었다. 여자의 가늘고 긴 손에 잡힌 부채가 작은 바람을 일으켰다. 남자는 의무를 다하듯 유리창과 출입문을 닫더니 에어컨 리모컨을 잡고 눌렀다. 여자는 부채를 두 손으로 꼭 잡은 채 자신의 무릎에 올려놓았다. 말이 없는 그들 곁으로 냉기가 흩어지고 있었다.

그때 문밖에서 남녀의 쾌활한 웃음소리가 들리며 누군가 남자를 불렀다. 유리문을 통해 누군지 확인한 남자는 고개를 들어 여자의 뒤편으로 보이는 손님을 바라보다가 이내 대수롭지 않은 듯 앉아 있었다. 팔짱을 낀 그들은 형식적으로 살짝 두드리고 유리문을 한 뼘 정도 밀었다. 남녀의 호기심 어린 눈초리가 그대로 문틈을 비집고 들어왔다. 김 교수였다. 차 교수, 잘 있었나? 스님도 안녕하시고요. 우리 젊은 여류 시인이 작품을 보고 싶다고 해서…. 그가 얼버무리며 말했다. 오는 길에 김밥을 사 왔다며 문 앞에 종이가방을 들여놓았다. 명인의 이름이 얇은 종이에 새겨진 김밥은 두툼했다. 천천히 둘러보고 있어, 가게는 열려 있으니까. 곧 스님을 산사로 모시려고 해. 남자는 지레 답해버렸다. 여자는 마치 그들에게서 비난이라도 받은 것처럼 낯빛이 붉어졌다. 김 교수와 함께 온 여자는 짧은 배꼽티에 찢어진 청바지를 입고 있었다. 시하고는 거리가 멀어 보였다. 여자는 깔깔거리며 가구점으로 달려갔다. 멀리서 와와 하는 신음 소리가 교성처럼 들렸다. 나무를 깎아 만든 성기를 본 모양이었다.

여자는 말없이 모자를 덮어쓰고 가방을 챙겨 일어났다. 그들과 말을 나누는 것이 괴로워 보였다. 남자도 절뚝거리며 자동차 키를 들고 따라 나갔다. 여자는 혼자 생각하며 걷고 싶다고 했지만 남자는 산사 주차장까지만 데려다준다고 실랑이를 했다. 결국 여자는 남자의 옆자리에 앉았다. 자동차 안은 열기로 후끈거렸다. 태양은 유리 속을 관통하여 기어와 엔진, 의자 그리고 앉은 사람의 육체를 낱낱이 비추며 위력을 발휘하고 있었다. 남자는 앗 뜨거, 하며 차에서 내려 양 문을 열었다 닫았다 했지만 여자는 가만히 있었다. 주차장에는 방금 차가 빠진 듯 고무 타는 냄새와 엔진의 열기가 남아 있었다. 여자는 머뭇거리며 차에서 내리지 않았다. 남자는 시동을 끄지 않고 에어컨을 그대로 켜두었다. 남자의 뱃속에서 꼬르륵거리는 소리가 들렸다. 여자는 바깥을 훔쳐보더니, 결심한 듯 차문을 열고 내려섰다. 남자는 여전히 시동을 켠 채 앉아 있었다. 여자는 남자를 향해 합장했다. 남자는 고개를 한 번 숙이고는 그대로 출발했다. 자갈돌이 깔린 주차장 바닥에서 흙먼지가 일었다. 남자가 남기고 떠난 자리를 여자는 멍하니 쳐다만 보고 있었다. 한낮의 태양이 그녀의 혼신을 마구 데우고 있었다. 여자는 산사를 향해 대나무 숲길로 들어섰다. 대나무 잎들은 마치 잘못한 아이를 감싸는 어머니처럼 그녀의 뜨거워진 상처를 시원하게 어루만져주었다.

그때가 팔월이었으니 벌써 두 달 전의 이야기였다. 남자는 여자가 열반에 들었다는 소식을 김 교수로부터 전해 들었다.
그녀를 맞이한 비구니는 그녀가 예전 같지 않았다고 했다.

울력을 할 때도 여자는 제가 먼저 쟁기를 들고 나섰고, 주지스님의 심각한 화두에 엉뚱하고도 기발한 즉답으로 비구니들을 즐겁게 했던 그녀가 비루해 보였다고 했다. 아닌 게 아니라 거울에 비친 여자의 모습은 비 맞은 고양이 같았다. 바랑에서 꺼낸 면도기를 손바닥에 올려놓은 채 한참 바라보던 여자 때문에 보살은 몇 번이나 문을 열고 들어가려고 했다. 그녀는 마음을 다잡은 듯 머리끝을 잡고 면도날로 빗질하듯 앞이마부터 정수리까지 깎고 옆머리와 뒤통수도 남김없이 밀었다. 보살은 그녀가 방바닥에 흐트러진 머리카락을 나락 줍듯 끝없이 쓸어 담는 모습을 보고 나서야 소리 없이 돌아섰다. 그녀의 귀환을 들은 주지스님은 화를 냈다. 예불조차 금지했다. 설법 시간에, 작은 절이지만 역사책에 수록될 정도로 유서 깊은 절임을 강조했으며, 중생을 구제하기는커녕 스스로 나락에 떨어진 비구니가 있다며 흥분했다. 급기야 제 맘대로 나갔다가 들어와 수행한다는 것은 자신에 대한 모독이라며 당장 절을 떠날 것을 명령했다. 여자는 주지를 찾아 무릎을 꿇었다. 하반신이 돌처럼 굳어갈 즈음에야 참회의 시간을 허락받았다.

 여자는 종이와 볼펜, 작은 나무의자 하나를 준비한 후 밖에서 문을 잠가달라고 했다. 첫 주는 음식도 먹고 물도 먹었다. 점차 음식이 줄지 않은 채 밖으로 나왔다. 창호지에 비친 그림자는 기둥을 박은 것처럼 움직이지 않았다. 어느 날 식판이 밖으로 나오지 않았다. 공양 보살이 문을 두들겼다. 창호를 두들기는 공명이 방 안에서 울렸다. 음습한 기운이 밖으로 빠져나와 황급히 문을 열었지만 안쪽 문고리에 숟가락이 걸려 있었다. 스님, 스님 하고 불러도 대답 소리가 들리지 않았다. 그날 보리사에는 여자의 입적으로, 조용한 파문이 일었다.

 여자의 입적 모습이 묘했던 것이다. 나무의자에 앉아 오른쪽 다리를 왼쪽 무릎에 올린 자세였다. 그리고 오른팔을 구부려 오른쪽 다리에 올린 후 오른손 엄지와 검지로 턱을 쥐었다. 기이한 것은 왼손이 배를 부드럽게 감싸고 있는 모습이었다.

 뻣뻣해진 그녀의 몸은 이미 부패하기 시작하여 송진 같은 것이 겨드랑이와 사타구니를 적셨고, 붉은 기운이 온몸을 감싸고 있었다. 경직된 눈꺼풀 밑으로 작은 입술은 입꼬리가 살짝 올라가 그녀의 마지막 순간을 연상할 수 있었다. 여자의 오른쪽 발치에 종이가 놓여 있었다. 그림과 기호가 겹쳐진 선이 진득하게 말라 백지를 메웠다. 볼펜의 잉크 자국이 진하게 또는 흐리게 지나가면서 무언가를 말하려고 했던 것 같았다.

 비구니들은 다른 때보다 일사천리로 화장을 했다. 잿더미 속에서 그녀가 남긴 사리 네 과를 끄집어냈다. 주지스님은 어이없다는 듯이 웃었다. 제일 큰 비구니가 탑에 안장할 것을 물었다. 주지스님은 그럴 필요가 없다고 했다. 비구니들은 항의나 반박을 하지 못한 채 몇 번의 회의를 거쳤다. 큰 소리가 오가면서 법계와 대승론에 대해 공방을 하다가 하나의 의견으로 모이면서 가장 나이 어린 비구니에게로 책임을 미뤘다. 한 사람에게 눈길이 쏠린 후 모두 뿔뿔이 흩어져 사라지자 어린 비구니가 사리를 추슬러 감추었다.

남자는 비구니의 방문에 어쩔 줄 몰라 했다. 비록 김 교수에게 소식을 들었지만 자신의 일이 아닌 양 무심했다. 먹을 보관했던 작은 비단 주머니에 담긴 사리에서 진한 먹 향이 풍겨 나왔다. 남자는 조심스럽게 손가락 끝으로 사리를 집어냈다. 팥처럼 붉은 알맹이를 손바닥 위에 올려놓고 한참을 바라보았다. 손금 사이에 끼인 조각을 감싸 쥐어보기도 하고 엄지와 검지로 눌러보다가 뭔가 결심한 듯 일어섰다.

그는 즉시 컨테이너 방으로 향했다. 작은 제단에 향을 피우고 그 앞에 사리가 담긴 작은 비단 주머니를 놓고 절을 했다. 그는 방 안에서 나와 작업장으로 향했다. 그가 만들어놓은 반닫이와 삼층 버선장, 목기, 차반, 손가락, 성기 위에 차곡차곡 쌓인 먼지를 물끄러미 바라보더니 작업장에 달린 문을 죄다 열었다. 나무를 베고 쓰러트렸던 이동식 전기톱과 고정식 둥근톱의 날 사이에 끼인 나뭇조각을 끄집어냈다. 티끌 하나 남지 않을 정도로 털고 쓸고 닦기를 반나절 한 뒤 땀에 젖은 그의 몸을 뜨거운 목욕물에 담갔다. 더러운 땟물과 기름이 물 위로 떠다녔다. 남자는 물을 빼고 다시 뜨거운 물을 받아 향낭을 넣었다. 눈을 지그시 감았다. 얼굴에 땀이 흘러내렸다. 몸에 향이 밴 것을 느낀 그는 머리를 감고 눈과 귀, 입을 꼼꼼히 헹궜다. 선선한 기온에 소름이 돋았지만 남자는 후련한 듯 물을 털고 몸을 닦았다.

조각도를 챙겨 사리 옆에 두고 꿇어앉았다. 향로에는 타고 남은 재로 버석거렸다. 남자는 향 하나를 꺼내 들고 라이터를 켰다. 불붙은 향을 흔들자 불과 연기가 뒤섞여 매캐한 냄새가 났다. 노을이 먼 산을 향해 건너가고 있었다. 사위가 짙게 어두워졌을 때 단풍 향을 실은 산바람이 그의 얼굴을 스치고 지나갔다. 그는 구겨진 무릎을 서서히 펴며 일어섰다. 꺾인 자세로 세 번 절을 하고 조각도를 쥐었다. 내딛는 발걸음조차 조심스러워하며 작업장으로 향했다.

작업장은 불을 켜지 않아서 어두웠다. 창밖의 달은 남자를 통째로 잡아먹을 듯 환했다. 남자는 가만히 적송 앞에 섰다. 가볍게 합장하고 끌어안았다. 달빛 아래 그림자는 한몸으로 부둥켜안고 길게 늘어졌다. 남자는 떨어지지 않으려는 인연을 밀어내듯 조심스럽게 몸을 풀고 조각도를 잡았다. 그의 손은 적송의 군살부터 뭉텅뭉텅 베어나갔다. 남자의 손등에 굵은 힘줄이 퍼렇게 질리며 꿈틀거렸다. 조각도는 염력에 홀린 물체가 되어 공중을 날아다녔다. 남자는 칼을 쥔 무사나 폭동을 일으키는 군중처럼 아무런 생각이나 가책 없이 자신이 해야 할 일을 하는 것뿐이라는 표정으로 찌르고 잘라냈다.

적송의 붉은 살이 바닥으로 흩어지는 소리와 그의 거친 호흡이 작업장을 가득 메웠다. 간간이 그의 탄식과도 같은 한숨이 새어 나오고 나무는 그의 애무라도 받는 듯 탄력을 더해갔다. 한 치의 오차도 없이 그가 예전에 소묘한 여자의 얼굴이 형체를 드러내고 있었다. 이마부터 관자놀이까지 부자연스러운 부분이 없었다. 하물며 세상을 내려다보는 그윽한 눈매, 다소 요염하게 볼 수도 있는 그녀의 입술을 재현해 얇고 길게 오려낸 입은 어떤가. 그는 긴장감에 부르르 몸을 떨었다.

긴 목과 가느다란 허리, 꺾인 무릎 위에 얹은 반대쪽 종아리까지 조각하자 적송의 벗은 몸은 뼈와 근육이 살아 있는 듯 꿈틀거렸다. 어디선가 희미한 중성의 목소리가 새어 나왔다. 남자는 잔뜩 의뭉스러운 표정으로 나무에 바짝 다가갔다. 양손을 몸체에 대자 남자의 표정이 시시각각으로 달라졌다. 환하게 기뻐하다가 증오에 가득 찬 허탈한 표정이 달빛을 받아 괴기스러웠다. 어깨와 허리를 바로 순간적으로 꼿꼿이 세우다가도 순식간에 기운이 빠져 쪼그라들었다. 남자의 두 팔은 몹시 경직되었고 무언가를 밀어내고 벗어나기 위해 안간힘을 쓰는 것 같았다. 악, 소리가 작업장을 울렸다. 남자는 팔을 늘어뜨리며 세차게 머리를 흔들었다. 섬뜩한 기운이 떨어져 나가고 남자는 잠시 물러섰다. 그의 네모진 얼굴에 뚫린 눈망울에는 두려움과 의심, 황홀함과 신비가 그득 담겨 있었다.

그의 몸은 땀과 먼지로 뒤범벅되었다. 그는 개의치 않고 조각도를 다시 다잡았다. 이번에는 귀였다. 위를 도톰하게 하고 아래를 동그랗게 말아서 물음표를 만들었다. 그리고는 얼음끌을 가져왔다. 가장 길고 가느다란 날이 귓구멍을 살살 후비듯 파고 들어갔다. 양쪽 귀 모두 구멍을 내어 두 지점이 만나도록 길을 내었다. 손에 전해지는 느낌으로 한 지점의 구멍이 만들어졌을 때 멈추었다. 남자는 잠시 쉬면서 고개를 갸우뚱했다.

여태 자신이 만들어온 반가사유상의 자세와 다른 점이 눈에 띄었다. 오른쪽 팔은 무릎을 짚고 턱을 엄지와 검지로 잡았는데, 왼팔은 배를 감싸는 것처럼 조각되었다. 남자는 잠시 조각도를 내려놓고 사리를 가지러 갔다. 작업장에서 컨테이너까지는 대여섯 걸음이면 되는데도 허둥댔다. 황급히 들어서는 방 안에서 작은 불빛이 홀연히 사라졌다. 남자는 손가락을 사리에 대려다 멈칫하더니 두 손을 마구 주무르며 주저앉았다. 손에 희미한 전류가 흘렀던 것 같다. 어둠 속을 더듬거려 찻잔을 찾아 차갑게 식은 차를 들이켰다. 남자는 허공을 향해 나지막이 외웠다. 나무아미타불 관세음보사알.

남자는 사리를 집어 작업대에 올렸다. 사리 가운데 점 하나를 발견했지만 개의치 않았다. 그는 가슴에서 끌어올린 긴 숨을 코로 내쉬었다. 남자는 사리를 귓구멍에 밀어 넣고 밀랍으로 땜질을 했다. 남자는 다 되었다는 생각에 허탈감과 졸음이 몰려와 순식간에 잠이 들었다. 그가 화들짝 놀라며 눈을 떴을 때 달이 기울어 별빛이 그를 비추고 있었다. 별이 유난히 반짝였다.

　삼베를 배접하기 전, 마무리를 하려고 세밀하고 날렵한 조각도를 잡았다. 조각상의 형체를 조심스럽게 훑어보던 남자는 순간 움찔했다. 얇은 천이 흘러내리는 반가사유상의 허리 윤곽에 미묘한 변화를 감지했다. 떨리는 손으로 쇄골을 쓰다듬자 군살이 만져졌다. 갈비뼈 아래로 꺼져 있어야 할 배가 오동통하게 올라와 진한 황갈색의 결이 도드라졌다. 남자의 얼굴빛이 파래졌다.

　남자는 조각도를 버리고 컨테이너로 갔다. 여자가 두고 간 부채가 방구석에 아무렇게나 놓여 있었다. 남자는 부채를 활짝 폈다. 비구니가 아기를 팔베개하여 마주보고 있었다. 아기를 안은 엄마의 미소가 부챗살에 가만히 접혀 있었다.

캡슐타운

내가 당신을 꺼내줄게

진옥의 귓전에 울리는 중성의 목소리. 언어로써 전달되는 게 아니라 감각으로 느껴지는 공명이었다. 그녀는 자기 몸이 꽁꽁 얼어 있는 것만 같았다. 그녀의 의식은 소리쳤다. '살려줘, 살려줘.' 악, 소리에 그녀는 깨어나고 누군가 조용히 투덜거렸다.

안 그래도 불면증으로 고생하는데 시끄러워 죽겠구만.

진옥은 꿈이 너무 생생해서 아직도 캡슐 침대에 누워 있는 듯한 착각이 들 정도였다. 좁다란 통로와 여덟 개의 침대. 상황은 비슷했다. 공동구매로 싱가포르에 갔을 때 캡슐 호텔에서 그녀는 공황장애를 일으켰다. 미닫이인 캡슐 문이 열리지 않은 경험이 트라우마로 남아 아무리 넓은 공간도 물건이 없어야 하며 문은 열려 있어야 잠이 들었다. 생매장당한 기분은 그녀를 불안하게 했다. 어둡고 답답한 병실, 두 줄로 늘어선 철제 침대를 멍하니 바라보다가 아랫배를 움켜잡았다. 그녀가 죽지 않고 살아 있기에 느끼는 통증이다. 묵직한 방광이 꽉 차서 막 터질 것 같았다. 진옥은 침대에 쌀 것 같은 두려움을 느꼈지만, 공동간병인을 부르고 싶지 않았다. 이 방 침대 밑 어딘가 보조 칸에서 잠든 그녀를 깨운다는 건 또 한 번 그녀에게 지는 것이었다.

다른 병실도 그렇겠지만 공동관리 병실에 상주하는 간병인은 대부분 중국에서 온 조선족이었다. 식은땀이 흘렀다. 엊저녁에 그녀와 벌였던 실랑이는 생각조차 하기 싫었다. 첫날부터 그녀는 기저귀를 채우려 했고 진옥은 그 정도는 아니라고 손사래를 쳤는데, 결국 졌다. 간병인은 다짜고짜 편의점에서 기저귀를 사야 한다고 돈을 달라고 한다. 진옥이 내주질 않자, 사선에 있는 젊은 여자가 기저귀 하나를 얼른 꺼내 간병인 손에 쥐여주었다. 진옥은 쓸데없이 지나친 친절을 베푸는 여자에게 짜증이 났다. 진옥의 바지를 벗기고 기저귀를 채우던 간병인이 젊은 여자에게 한 말이 떠올랐다.

"기저귓값은 이 아주머니한테 달라고 하시오."

생각하면 할수록 진옥의 기분은 나빴다. 대소변을 가릴 수 없는 지경도 아닌데 마음대로 기저귀부터 채우는 낯선 이방인을 도무지 이해할 수 없었다. 제까짓 게 뭔데 남의 몸에 쇠고랑을 채워? 생각할수록 분이 풀리지 않는다. 결코 간병인의 도움은 받지 않으리라 각오를 다졌다. 탈출만이 살길이었다.

그녀의 마음과는 반대로 요의가 통증처럼 느껴졌다. 안전띠 대신 그녀는 온통 링거 줄로 연결되어 있었고 아직 하반신이 불편한 그녀가 할 수 있는 것은 소리를 지르는 일뿐이었다.

"누가 좀 도와주세요. 화장실에 가고 싶어요."

그녀의 목소리는 어둠 속으로 사라졌다. 화난 듯한 목소리가 대신 대답했다. 벨을 누르든가 침대에 싸든가 하시지 웬 소란이요? 여긴 공동관리 병실인 걸 몰라?

아무래도 좀 전에 불면증으로 고생한다던 여자의 목소리 같았다. 그 여자는 연이어 욕지거리했다. 시바, 여기 간병인은 어딜 처돌아다니나. 시간이 세 신데. 옆방 남자들 환자 옆에 붙어 자는 거 아냐?

진옥은 더 이상 기다릴 수 없었다. 천천히 일어난 그녀는 밤새 자신에게 씌워놓은 환자용 이불을 밀었다. 그녀는 묵직한 허리를 간신히 일으켜 앉았다. 출입구 쪽 문틈으로 형광 불빛이 어둠 속 희망의 빛처럼 보였다. 오디세우스가 하데스의 세계에서나 볼 만한 빛이다. 출입문 옆에 걸린 원형 시계의 바늘이 '4'를 가리키고 있었고 환자들의 발이 시체들처럼 늘어섰다. 불면증이라는 여자는 어디론가 사라졌고 병원복 아닌 한 사람이 이불도 덮지 않은 채 옆으로 구부려 잠을 자고 있었다. 가볍게 코를 고는 사람도 있어 대충 몇 명이 이 방을 쓰는지 짐작이 갔다.

그녀는 자기 코 밑으로 손가락을 대어보았다. 숨 쉬고 있었다. 그리고 그녀의 오른발 엄지발가락을 꼬물거려보았다. 움직였다. 허리 아래로 꼼짝도 하지 않았던 무릎과 발이 자신의 의지대로 움직인다는 사실에 감격스러웠다. 불현듯 의사의 말이 떠올랐다.

"수술은 잘됐어요. 하지만 걷는 것은 환자분 하기 나름이겠죠. 수술 전에 장담할 수 없다고 말씀드린 거 기억나죠?"

의사는 매번 최선을 다하지만 성공하지 않을 확률을 이해시키려 했다. 두 개의 컴퓨터 화면 중 검은 화면에 하얗게 비친 등뼈를 가리킨다. 오 번, 육 번을 설명하는데 그녀는 저게 뼈의 단면인가보다 하고 생각했었다. 보이지 않는 사람의 뼈와 신경들을 비춰내도록 발명해낸 과학자들의 힘이 위대하다는 엉뚱한 생각도 곁가지를 쳤지만, 결론은 마비에서 벗어날 길은 일어서려고 노력하는 방법밖에 없었다. 그녀는 자기 등뼈를 만져보며 무거운 보조기구를 허리에 간신히 채웠다. 애초 보조기기를 맞출 때부터 환자를 위한다기보다 병명에 맞춘 기구 같았다.

이제 침대 옆에 놓인 보행기를 잡을 차례다. 간병인이 공동으로 관리하는 병실이다 보니 입실한 환자의 상태를 대충 보고 미리 챙긴 모양이었다. 수술한 지 얼마 되지 않아 온몸이 천근만근이었다. 보행기를 잡는 것도 힘들었지만 실타래같이 얽혀 있는 튜브들이 더 거슬렸다. 출렁거리는 식염수와 영양제가 그녀의 머리를 쳤다. 앗, 외마디에 누군가 놀란 듯 병상에서 벌떡 일어선 사람이 있었다. 동시에 그녀가 베고 잔 듯한 시집이 툭 떨어졌다. 나중에 알고 보니 그녀는 연변 룽징시에서 자랐고 윤동주를 자랑스러워했다. 시집 『하늘과 바람과 별과 시』는 그녀의 지식을 담은 베개였다.

"어마나, 아주머니. 어디 가십니까? 소변은 그냥 기저귀에 싸면 되잖아요."

공동관리 간병인의 목소리였다.

그런데 그런 그녀의 마음과는 달리 오줌이 누고 싶어 미칠 지경이다. 그렇다고 그녀 말대로 기저귀에 싸긴 싫었다. 그러려고 해도 방광이 허락해주질 않는다. 그녀는 엉거주춤한 자세로 억지로 일어서려고 하고 끙끙대며 성인용 보행기를 잡고 한 걸음 뗐다. 간병인이 눈을 비비며 다가왔다.

"참, 고집도 어지간합니다. 병실에 환자가 한두 명도 아니고 다섯 명이나 되는데, 힘들어서 내 다 못합니다. 기저귀에 싸래도…."

그녀는 보행기를 잡은 진옥의 팔을 잡았다. 다잡는 그녀의 손아귀가 거칠었다. 두 여자는 복도 끝에 있는 화장실로 느릿 느릿 걸어갔다. 비상등과 보조등만이 켜져 있는 복도는 어두침침했고 그들은 마치 유령처럼 멀리 보이는 화장실 불빛을 향해 아무 말 없이 걸어갔다. 링거를 장애인 화장실 앞 보조대에 단단히 고정하고 그녀를 변기에 앉힌 후 간병인 여자는 자기도 다른 변기에 앉아 소변을 누었다. 적나라하게 쏟아지는 두 여인의 오줌 소리는 그들이 유령이 아니라 현존하는 사람들이라는 걸 병원에 거주하는 땅에 매인 영혼들에 알리려는 듯 요란스러웠다. 먼저 일어난 간병인 여자가 말했다.

"아주머니. 이제 기저귀에다 해야 해, 나 바빠."

진옥은 한숨을 쉬었다. 개인 간병인은 하루에 십만 원을 주어야 하고 밥값도 따로 오천 원 주어야 했다. 하지만 공동간병인은 하루에 사만 원 정도만 셈하여 주면 되니까 병원이든 요양병원이든 공동 병실을 선점하기 위한 경쟁이 치열했다. 최소 석 달은 입원해야 한다는 의사의 말이 새삼 저주 같았다. 링거가 꽂힌 한 손으로는 보행기 손잡이를 잡고 남은 한 손으로 기저귀와 바지를 끌어올리려니 힘이 들었다. 간병인은 장애인용 화장실에 들어와 그녀를 부축했다. 간병인의 눈이 그녀의 음부에 다다른 걸 진옥은 눈치채었다. 그녀는 흠흠 하고 구겨진 체면을 표현하였다. 간병인 여자는 기저귀를 바짝 당겨 올린 후 바지를 끌어올려주었다.

겨우 당도한 병실에는 그새 응급실에서 올라온 환자가 자리를 차지하고 있었다. 간병인은 진옥의 침대 아래의 간이침대를 끄집어내 잠시 앉아 있다가 슬며시 밖으로 나갔다. 그러고는 돌아오지 않았다. 대신 파킨슨 환자의 침대 아래에서 부스스한 머리를 한 여자가 유령처럼 일어났다. 진옥은 그녀의 갑작스러운 출현에 눈이 동그래졌다. 그녀가 돌보는 파킨슨 환자는 깊이 코를 골며 잠들어 있었다. 다행히 잠들어 있을 때는 손을 떨지 않았다. 그녀는 시끄러운 소리에 잠이 깬 모양이다.

"또 옆방에 자러 갔군. 미친년."

그 소리를 들은 환자 하나도 잠이 깬 모양인지 일어나 앉았다. 진옥에게 기저귀를 빌려준 젊은 여자다. 어둠 속에서도 그녀는 무언가 불편한 기색이 역력했다. 얼굴을 찡그린 그녀는 무릎을 꿇고 엎드려 꽈배기처럼 몸을 틀었다. 몹시 힘들어 보였지만 아무도 그녀 옆에 가질 않았다. 그녀는 신음을 토하다가 겨우 침대를 내려와 개인 사물함에서 주사기를 꺼내 약물을 주입한 후 자기 허벅지를 찔렀다. 신기하게도 곧 그녀의 얼굴은 평정을 찾았고 담배를 꺼내 입에 물었다. 그걸 본 간병인이 냅다 지껄였다.

"여기가 어디라고 담배를 입에 물어."

정신을 차린 그녀는 아참, 하면서 물었던 담배를 환자복 호주머니에 넣고 밖으로 나갈 준비를 했다. 그녀는 밖으로 나가려다가 돌아서서 인상을 구기며 소리쳤다.

"졸라 피곤하게 하기는. 환자 보지를 차는 주제에. 내가 모르는 줄 알아?"

히스테릭하게 소리치는 젊은 여자의 말이 사실인지는 몰라도 파킨슨병 여자는 입술에서 왼쪽 팔까지 쉼 없이 떨었다. 아마도 식사하기 전에 덩치가 큰 환자를 쉽게 앉히려 간병인이 바짓가랑이 사이에 발을 넣고 밀어 올렸던 모양이다. 진옥은 이미 여러 번 히스테릭 여자가 개인 간병인에 대한 험담을 하는 걸 들었기에 무슨 말인지 알아들었다. 혹여 진옥이 곧 퇴원할 파킨슨 환자의 개인 간병인을 연이어서 쓸지 걱정되었던 모양이었다. 한 달 남짓 사용하는 병실에 미운 사람이 있으면 불편한 일이긴 했다. 파킨슨병 여자의 개인 간병인은 아무 말 없는 환자들을 둘러보며 당황한 듯 대꾸했다.

"뭐라고? 네가 봤어? 기초수급자인 주제에."

"기초수급자? 말이면 다야? 내가 우리 엄마를 병간호해봐서 아는데 당신, 그러는 게 아니야. 환자를 함부로 취급하면 벌 받는 줄 알아."

히스테리 여자는 그녀를 병실에서 쫓아내기로 결심한 듯 크게 내질렀고 분을 못 참아 간병인의 멱살을 잡았다. 아무래도 기초수급자라는 용어가 자존심을 건드린 모양이다. 나중에 진옥이 안 일이지만 히스테리 그녀는 정부에서 지원하는 병원을 저렴하게 이용할 수 있는지라 한 달씩 옮겨 다니며 입원 생활을 하고 있었다.

환자들은 힘이 없어 그들의 싸움을 말리고 싶어도 말릴 수 없었다. 두 사람의 몸싸움에 아침 다섯 시의 병실에는 하나둘 불이 켜지고 당번 간호사 두 명이 어슬렁거리며 걸어왔다. 모두가 팽팽히 긴장된 상태고 히스테리 그녀의 냉장고 위 과도가 불빛을 받아 번뜩거렸다. 마침 잠이 덜 깬 헛배 부른 늙은 여자가 소리를 질렀다.

"이것들은 살이 붙었나, 눈만 뜨면 못 잡아먹어서 안달이네. 경찰 불러?"

사소한 다툼에는 '경찰'이란 호칭만으로도 약효가 있었다. 하반신이 마비되어 있고 신장병으로 배가 불러 있는 여자는 히스테리 여자가 흥분한 상태로 나가자 억지로 몸을 비틀어 한마디 거든다.

"새파랗게 젊은 것이 병원 밥이 뭐 좋다고 한 달씩 병원을 건너뛰며 입원하는지, 쯧쯧, 우리나라 참 살기 좋다."

간호사들은 병실에 들어온 김에 환자들의 상태를 형식적으로 점검하고 나갔다. 이내 침대 한두 곳에서는 코 고는 소리가 들렸다. 아직 동이 트려면 한참 멀었는데 어둠이 지배한 병실에는 묘한 냄새가 올라왔다. 진옥은 코를 막아도 안 돼서 잠시 빼두었던 마스크를 얼굴에 덮고 이불까지 끌어당겨 얼굴을 덮었다. 희미하게 잠이 쏟아지고 그녀의 의식은 스르르 힘을 풀었다. 뭔가 빛처럼 희고 깃털처럼 가벼운 것이 그녀의 눈꺼풀을 쓰다듬었다. 그녀는 자잘하게 코를 골며 스스로 수면에 들고 있다는 느낌이 들었다. 잠이 들었다가 잠시 깨어나면 그녀의 고단했던 시간이 과거와 현재 구분 없이 불쑥불쑥 튀어 올랐다. 가만히 걷다가 쓰러진 그녀는 응급실부터 대학병원까지 종횡무진 구급차에 실려 병상을 옮겨 다녔다. 그녀는 아무에게도 의논하지 못한 채 수술대에 누웠다. 누구보다도 열심히 운동했기에 이런 일이 자신에게 벌어질 줄은 상상조차 해보지 않았다. 하지만 모든 결과에는 원인이 있었다.

그녀가 날렵하고 단단한 다리로 육상경기에서 우승을 한 건 초등학교 시절이었다. 체육 시간에 눈여겨보던 전담 교사가 강력히 추천한 탓도 있었지만, 육상경기에 우승하면 지긋지긋한 가정에서 벗어날 수 있을 것 같은 강한 염원도 있었다. 상과 트로피를 거머쥔 채 집에 돌아왔을 때 아빠는 손을 펼쳤다. 금메달이 금이 아니라는 데 실망하고 진옥의 종아리를 때렸다. 어린것이 아비를 놀려도 유분수지 하며 자신의 훈계에 만족하며 몇 대로 혼을 냈다고 생각했지만, 그 후론 진옥이 달리지 못했다. 그뿐만 아니라 종아리에서 올라가는 경혈을 건드렸는지 비만 오면 진옥의 다리와 허리는 쑤셨다.

돈이 될 만한 물건이 없는 그녀의 빈 손바닥을 안타까워했던 아버지는 지금도 어딘가에서 술을 찾고 있을지 모른다. 행여 보험금이라도 노리고 그녀를 찾아올지 그녀는 두려웠다. 목숨이 질기고도 질겨 쉰이 다 되어가는 그녀에겐 팔순이 넘은 아버지가 있었다. 아직도 간간이 그녀의 휴대전화에는 아버지의 전화번호가 찍힌다. 전국을 유람하며 노숙자 생활을 하는 아버지는 나름 멋진 인생을 살고 있었다. 세 살 때 집을 나간 어머니를 찾는 것이 목표라던 아버지는 이제 그 목표를 잊어버리고 전국 여행이라는 더 큰 그림을 그리고 있었다. 진옥은 간혹 어머니에 대한 기억을 떠올려보려 애쓰지만 아무것도 떠올릴 수 없다. 딱 한 장면, 흰 머릿수건을 한 창백한 어머니의 마지막 모습만 어렴풋이 기억나는 것이다. 그래도 얼굴은 떠오르지 않고 흰 머릿수건만 기억났다.

그녀도 이제 나이를 먹을 만큼 먹었기에 가끔 아버지와 자신을 비교해본다. 무엇보다도 비참한 건, 자신에게는 자식이 없다는 사실이었다. 그녀가 하반신 마비로 쓰러졌을 때도 그렇고, 수술 동의서 작성 때도 마찬가지였다. 혼자서 만나는 죽음은 두려움 그 자체였다. 억지로 생명을 연장하기 위해 중환자실에 남아 죽어가는 것도 다를 바 없었다. 혼자 사는 아파트에 부패한 시신으로 남는 모습은 생각하는 것조차 역겨웠다. 그녀는 언제부턴가 삶의 목표를 '아름다운 죽음'으로 정했다. 스위스에선 그렇게 죽을 수 있다는 사실을 뉴스나 영화로 익히 알고 있었다. 아름답게 죽기 위해선 큰 비용을 지급해야 했기에 그녀는 죽음을 위해 사는 자신이 아이러니했다. 그녀는 한숨을 쉬었다. 때마침 아침밥이 올 때여서 간병인도 돌아와 밥을 받아 왔다. 간병인은 햇반을 사 오거나 밥 한 공기만 추가하여 환자들의 반찬으로 끼니를 해결한다. 조선족 간병인은 부지런히 네 명의 찬그릇을 받아 옮겨놓고 진옥의 옆에 딱 달라붙어서 밥을 먹었다. 그러면서 역겨운 소리를 해댔다.

"아주머니는 알고 있소? 내가 새벽에 똥 기저귀 치운 거?"

"난 기저귀에 싼 적 없는데…."

"새벽에 냄새가 나서 난리 났는데, 아주머니는 마치 시체처럼 잠이 들어서 내가 그걸 치운다고 애를 먹었다니까."

진옥은 자기 귀를 의심했고 자기 하체가 의심스러웠다. 분명 소변을 누고 자리에 들었는데 자신이 똥을 지렸다는 게 믿어지지 않았다. 마치 치매에 걸린 사람 취급하니 분노가 치솟았다.

"아니, 누가 똥을 쌌다고 그래? 거짓말도 유분수지. 밥 먹는데 똥 싸는 얘기 하고 없는 얘길 지어내? 내가 바본 줄 아니?"

진옥은 화가 났지만 오랜만에 단잠에 든 것은 사실이었다. 간병인이 돌린 영양제가 수면에 도움이 되었다는 생각에 눈을 찔끔 감았다. 병상에서 화를 내 봐야 손해였다. 누군가의 도움이 절대적으로 필요할 때는 약자가 되기 마련이었다. 히스테리 여자는 냉장고에서 잡채와 아귀찜을 꺼내 같이 먹자며 다가왔다. 진옥은 막무가내로 베푸는 여자가 부담스러웠다. 한 병실에 같이 있으면서 언젠간 자신한테도 히스테리를 부릴지 모르기 때문이었다. 진옥이 지금은 먹기 힘들다고 거절하니 자기가 빌려준 기저귀는 갚아야 한다며 으스댔다. 그녀는 지갑에서 돈을 꺼내 간병인에게 기저귓값을 주었다. 간병인은 진옥의 지갑에 든 돈을 눈으로 가늠했다. 중형 팬티용 기저귀 외에도 비누, 샴푸, 치약, 칫솔, 그리고 자신이 써야 할 위생 장갑에 드는 비용을 대충 부풀려 말하는 것 같았다. 진옥은 위생을 위해 장갑이 필요하다는 말이 거슬렸다. 그러잖아도 간병인들은 환자를 만질 때, 마치 고기를 썰 때 써야 할 것 같은 파란 위생 장갑을 끼고 있었다. 진옥은 얼른 오만 원권 한 장을 꺼내 주고 지갑을 자기 엉덩이 밑에 밀어 넣었다. 불편한 몸은 언제 어떻게 사라질지 모르는 금전을 지키기엔 역부족이다. 그녀는 보호자가 간절했다.

그녀 바로 맞은편 파킨슨병 환자도 간병인이 밥을 받아 챙겨 주었다. 여전히 입과 손이 저절로 사시나무 떨듯 떨리고 있었지만, 간병인은 밥을 떠먹여주거나 거들지는 않았다. 오히려 파킨슨병 환자는 보조 침대에 걸터앉아 밥을 먹고 있는 간병인에게 말했다.

"나 퇴원하면 우리 집에 올 거지? 밥 많이 먹어. 우리 집에 놀러 와. 주소는 딸한테 달라고 하고. 전화도 자주 해."

개인 간병인은 이미 이 환자의 상황을 다 아는지 성의 없이 대답했다.

"아유, 당연히 가고말고요. 아주머니 딸한테 말하세요. 나 불러달라고."

진옥은 파킨슨병에 걸린 아주머니를 애처롭게 바라보았지만, 히스테릭한 젊은 여자는 그런 모습을 째려보고 있었다. 그들이 밥상을 물리고 세면도구를 들고 나가자, 히스테리 여자는 한마디 했다.

"아이고, 저 아주머니도 참 문제다. 저렇게 막 대하는 간병인이 뭐가 좋다고 다시 부르려고 그러는지. 환자를 막 대하고 돈만 밝히는 인간을 정에 목말라서 찾으니 한심해. 딸도 안 오잖아."

그러자 배가 산만 한 여자가 밥맛이 없다며 숟가락을 툭 내려놓으면서 한마디 했다.

"그래도 저 아주머니는 퇴원하잖아. 나는 그게 부러워. 나는 어쩌면 여기서 죽을지도 몰라."

그녀가 엉엉 울기 시작하자 병실은 이내 침울해졌다. 조선족 간병인이 기저귀와 생필품을 들고 들어서지 않았다면 사람들이 장례식인 줄 착각할 정도였다. 그녀는 병실의 관리자라도 되는 듯 서서 그들의 슬픔을 진정시켰다.

"이것들 보시오. 내 중국에서 돈 벌러 이까지 온 거가 장난인 줄 아시오. 조상 잘못 둔 탓에 못 먹고 못사니깐 여기까지

와서 이런 일 하면서 나는 날마다 울었음네다. 아주머니들 다 잘살지 않소. 가족들이 못하는 거 돈 주면 척척 해주고. 뭐가 슬퍼서 울고불고 난리요. 얼른 운동하고 나아서 햇빛 보러 나가시라오."

진옥은 그때 처음 핏대 선 그녀의 목에 달린 이름표를 자세히 볼 수 있었다. 중국식 이름이었다. 아무도 그녀의 이름을 부르지 않았기에 그냥 이름표에 불과했지만, 진옥은 그녀의 이름을 외우고 싶었다. '리양옥', 쉽지 않았다. 진옥이 양옥 씨라고 부르자 그녀는 진옥의 귀에 입을 바짝 대고 속삭였다.

"아주머니, 내 이름 아니야. 여권은 '리양옥'이지만 우리 집에선 '미숙'이라고 불렀재요. 아주머니만 알고 계시오."

히스테리 여자는 옆방에 새로 사귄 남자 환자와 데이트한다며 담배를 챙겨 나갔고 진옥은 미숙이 밀어주는 휠체어를 타고 세면실로 갔다. 휠체어에 앉은 채로 머리 감기와 샤워를 해야 한다고 간병인이 말해주었다. 하지만 남녀 구분이 되어있지 않은 샤워실을 진옥은 이해할 수 없었다. 마치 해수욕장에 설치된 간단 샤워 부스처럼 남녀 사이에 간단한 천으로 나누어져 옷을 벗었을 때 자칫 상대방의 맨몸을 다 볼 수 있었다. 거기에 남자 환자를 벗겨놓고 여자 간병인이 샤워시키는 모습을 보고 진옥은 정신적 혼란이 왔다. 남자 환자는 벌거벗은 몸을 다 드러낸 채 자신을 씻겨주는 간병인들의 가슴을 멍하니 보고 있었다. 진옥은 차마 뭐라고 말할 수 없는 비참함 때문에 눈물이 나왔다. 그 와중에서도 아주머니, 머리 뒤로 젖히시오. 아주머니 엉덩이 왼쪽 살짝 들으시오. 아주머니 다리 벌리시오. 아주머니, 아주머니. 그렇게 삼십 분이 지났다. 샤워가 끝났고 그녀의 머리는 흰 수건으로 싸여 있었다. 김이 오른 거울 속 진옥은 아픈 바람에 폭삭 늙어 있었다. 진옥은 휠체어에 앉아 자기 머리를 말리는 미숙에게 몸을 아예 맡겨버렸다.

그녀의 몸을 닦고 드라이기로 머리를 말려주던 미숙이 갑자기 드라이기를 끄고 멈춰 섰다.

"아주머니, 아주머니 목뒤에 흉터. 이거이 언제 생긴 거요?"

"몰라, 내가 세 살 때였다나. 아버지 말로는 엄마가 날 죽이고 자기도 죽으려고 했다나 봐. 나도 참 생이 질기지. 그때 찔린 과도 자국이야. 엄마는 내가 사과라도 된 줄 알았나 봐. 그런데 왜?"

간병인은 고개를 떨군 채 아무 말 하지 못하고 있었다. 그녀는 수건으로 진옥의 머리카락을 쓸듯이 더 문지르고 드라이기로 마저 말린 후 말했다.

"아주머니, 나도 칼자국이 있소. 내 위에는 언니가 하나 있는데 내가 아들이었으면 언니한테 칼자국이 생겼는지도 몰라요. 우린 둘 다 출생증명서가 없습네다. 불법 출생인 게죠. 그래도 우린 살아 있고 가짜 증명서가 있으니, 문제는 없어요. 아주머니도 살아서 걸어 나가려면 열심히 걷는 연습해. 대신 기저귀는 차지 않게 해줄 테니까."

진옥은 자신 있게 말하는 미숙의 눈만 멀뚱멀뚱 쳐다보았다. 마치 머리를 한 대 맞은 표정이었다. 뭐라고 대답하지 못한 채 그녀가 끌어다주는 휠체어에 실려 그대로 병실까지 왔다. 새삼 맑아진 진옥 바로 옆 환자는 힐긋힐긋 의심스러운 눈초리로 진옥을 째려봤다. 그녀는 배가 큰 공만 하게 불러 있어서 침대에 불편하게 앉아 있었다. 배부른 여자는 미숙이 화장실 청소 도구를 들고 나가자 물었다.

"뇌물 줬어? 저년은 뭐라도 받아야 움직인단 말이야. 나 먹던 영양제, 저년 다 줬어. 아휴 나도 내일은 샤워시켜주려나, 온몸이 근질근질하네."

아예 뜯지 않은 영양제들은 환자가 줄 수 있는 유일한 뇌물이었다. 거동이 힘든 환자들은 뇌물을 줘가면서까지 샤워 서비스를 받고 싶어 했다. 그러나 진옥은 조금 전 목욕 상황을 떠올리며 치를 떨었다. 그녀는 언젠가 아버지의 벗은 몸을 보고 기겁한 적이 있었다. 거칠고 흰 머리털을 가진 아버지의 바싹 마른 등이 꾸부정하게 샤워 앞에 서 있었다. 흐르는 물줄기 속에서 볼 수밖에 없었던 아버지의 몸이 두렵기 시작했다. 아버지는 전국을 돌아다니다가 몸이 불편하거나 경비가 아슬아슬하게 남았을 때 아무런 연락도 없이 불쑥 들어섰다. 아버지가 한 해 한 해 벌레 먹은 낙엽처럼 말라 보일 때 그녀는 문득 아버지의 죽음을 생각했다. 아무리 혈육이라 하지만 뻣뻣한 남자의 시체는 무서울 것 같았다. 몇 달 전 그녀는 아버지의 황망한 꼴을 보고 말았다. 여행에서 돌아온 아버지는 진옥이 저녁을 준비하는 동안 화장실에 들어가 나오질 않았다. 단순히 샤워만 하는 줄 알았던 진옥이 아버지의 외침에 화장실 문을 열었다. 아버지는 비쩍 마른 몸에 아무것도 걸치지 않은 채 그녀에게 등을 내밀었다. 긴 초록색 때수건을 사선으로 두른 채 등을 밀어달라고 했다.

"여보, 손 안 닿는 데만 좀 밀어봐."

그녀는 깜짝 놀라 잘못 들었는지 다시 확인해야 했다.

"아버지, 뭐라고 하셨어요? 방금."

"뭘, 등 좀 밀어달라고."

그녀는 자기 귀가 이상한지 아버지가 치매 증상이 있는지 몹시 의심스러웠다. 명태처럼 마르고 비틀어진 아버지에게 동정심보다는 혐오감이 일었다. 허옇게 일어나는 각질이 그녀의 발에 떨어지는 걸 역겨워 다시는 볼 수 없어서 얼른 때수건을 건네주고 나왔다. 아마도 그것이 아버지와 함께했던 마지막이었다. 그녀는 움찔 허리에 고통을 느꼈다. 오랫동안 아파왔던 허리 병도 생각해보면 모두 아버지가 원인이었다. 학교에 가는 날보다 가지 않는 날이 더 많았다. 새벽에 농수산물 도매상에 가서 경매로 떼 온 채소와 과일들을 점포에 부려놓으면 종일 아버지는 가게를 지켰다. 비가 오는 날이면 아침부터 아버지는 소주를 마셨고 그녀는 진종일 채소를 팔아야 했다. 무거운 배추나 무들을 실어 나르는 일도 그녀 몫이었다. 그래도 그렇게 번 돈이 종잣돈이 되었다. 일찌감치 그녀 앞으로 등기한 아파트는 부동산 열기를 타고 잘 올랐다. 아버지는 종종 그녀에게 가게를 맡기고 멀리 여행을 떠났다. 진옥이 딱 한 번 결혼을 생각한 적이 있었다. 그는 일주일에 한 번 양파를 가지러 오곤 했는데 언제나 깨끗한 청조끼와 청바지를 입고 아침 일찍 찾아왔다. 그녀의 가느다란 허리를 지켜보다 못해 그는 자신의 양파망을 옮겨다놓기 전에 배추나 무가 든 망을 그녀가 원하는 대로 정리해주고 떠났다. 그런 그가 몹시 못마땅했던 아버지는 도매 품목에서 양파를 빼버렸다.

그 정도까지인 줄 몰랐던 진옥은 그만 아버지에게 질려버렸다. 그 후로 그녀는 제대로 남자를 만나지 못한 채 허리 병만 앓으며 반평생을 소모했다. 그녀는 침상에 앉은 채 멍하니 텔레비전에 시선을 두었다. 생각은 딴 곳에 가 있었기에 리양옥이 부르는 소리도 못 들었다. 가까이 와서 그녀의 팔을 살짝 꼬집었다.

"아주머니, 무슨 생각에 빠졌소?"
"아무것도 아니에요. 나 당분간 샤워시키지 마요."

"에그, 아주머니도. 벌레 생기면 어떡하려고. 저번 아주머니는 살이 나무처럼 딱딱해져도 자신을 만지는 걸 무척 싫어했습니다. 그러다가 어느 날 하도 엉덩이가 가렵다고 긁어대기에 봐줬더니 글쎄 손가락만 한 벌레가 기어 나오지 않았겠음 둥. 귀찮아도 씻겨주면 가만 있읍시다. 안 그럼 나 책임 못 져요."

"차라리 죽는 게 낫지. 어떻게 남녀 구별도 없이 목욕한단 말이에요."

"아주머니, 그런 소리 하지 마시오. 내 여기까지 뭣 하러 왔겠습니까. 여기 개인 간병인들은 받아 가는 삯이 적지 않은데, 우리는 한 명 관리할 걸 네다섯 명 관리하며 일당을 받아 갑니다. 내 그래도 이게 낫지요. 여기 오기 전에는 공원에서 근무했는데 어찌나 더럽게 괄시하는지 몰라요. 그래도 여기는 정신없는 인간들 목욕시키는 거라 깨끗하지 않소? 아주머니 생각하는 것처럼 인격 살인은 아니라니까."

그들이 말하는 것을 맞은편 침상에서 누군가 듣고 있었다. 진옥은 자신의 이야기를 누군가 엿듣는 것이 못마땅하여 입을 다물었으나 곧 매캐한 냄새 때문에 소리를 지르고 말았다. 누군가 기저귀에 대변을 지른 모양이었다. 미숙은 실실 웃으며 말했다.

"저 아주머니는 정확해. 밥만 먹으면 싸대니 기분은 좋겠다."

진옥은 코를 잡고 말했다.

"아휴, 냄새 나 미치겠어. 도무지 한 방에 있을 수 없어."

간병인은 환자의 이불이 들썩거리는 모양을 보며 여유 있게 기다렸다.

"아직 다 싸려면 시간이 필요하니까는."

진옥은 처음 응급실에서 퇴원 절차를 밟고 다시 일반 병실을 예약할 때 기저귀 차는 방과 차지 않는 방이 있는데 분명 기저귀를 차지 않는 병실이라고 했던 기억이 났다. 지금이라도 따지고 싶어 미숙에게 얘기했지만, 그녀는 새겨듣지 않고 냄새의 주인공만 찾아 두리번거렸다. 이불에 덮여 있는 아랫도리지만 미숙은 표정만으로도 금방 찾아냈다. 반신불수로 입원한 젊은 여자였다. 천정을 향해 눈을 떴다 감았다가 하며 시뻘게졌던 얼굴이 평안하게 돌아오자, 미숙은 곧 위생 장갑을 끼고 그녀에게 달려가 이불을 들치고 바지를 벗겼다. 진옥은 병실에 진동하는 대변 냄새를 참기 힘들어 몇 번 구역질을 일으켰지만, 다른 사람들은 아무렇지도 않은지 그대로 보고 있었다. 진옥은 손을 바지 속에 넣어 자신의 기저귀를 만져보았다. 아무리 애를 써도 배출할 수 없는 그녀에게 낯선 여자의 용변 배출은 공포 그 자체였다. 진옥은 다시금 생각에 빠졌다. 만약 죽음에 이르러 남의 손에 신변을 처리당해야 한다면 마땅히 죽음을 택하리라는, 막연하면서도 확고한 다짐이었다.

한때 그녀는 텔레비전에서 방영하는 드라마에 빠져 있었다.

우연히 보게 된 '미 비포 유'는 그녀의 생각을 바꿔놓았다. 결혼하고 자식을 낳아 제 죽음을 최종적으로 맡기겠다는 신념을 접고 경제적 자유가 가장 중요하다는 사실을 깨달았다. 언젠가 먼 외갓집 이모뻘인 아주머니가 그녀의 가게로 찾아왔는지 보험을 설명하러 왔다. 쉰 가까운 나이인데도 자식 없이 혼자 살아가는 진옥에 대해 아주머니는 이런저런 조언을 했다. 아플 땐 자식도 필요 없고 보험이 최고라던 아주머니는 연명치료를 할 바엔 조력자살이 낫다고 말했다. 자식이 보험이라던 아주머니의 말이 보험이 자식이란 말로 바뀐 지 오래였다. 증명이라도 하듯 아주머니는 엄마의 쓸쓸한 무연고 사망을 알려주었다. 진옥은 보험금을 상속받으며 엄마가 상속자를 자신 앞으로 해둔 걸 알게 되었다. 진옥 외에도 여러 명의 자식을 생산한 엄마는 죄책감을 그런 방법으로 해결한 듯했다. 아버지를 피해 남쪽 어느 마을에 정착한 엄마는 진옥보다 더 젊은 나이에 삶을 마감했다. 지자체에서 발견하고 사망 소식을 알려 와도 아버지는 가지 않았을 거란 추측이 들었다. 진옥은 사망 소식을 듣고 난 이후 해가 가고 나이가 들면서 엄마에 대한 미안함으로 마음이 허전해져왔다. 애도하지 못한 시간에 대한 후유증 같은 것이 몰려와 한동안 가슴 아파했다. 아버지도 엄마의 사망 소식을 들은 듯했다. 늘 "내 이년을 찾으면 족쳐 죽일 거다"라고 말하던 아버지의 문장은 "내 죽으면 네 엄마 찾아 족칠 거다"로

달라졌다. 더는 아버지는 엄마를 욕하지 않았고, 진옥이 살아가는 데 별 지장이 없었다. 아주머니는 진옥에게 새로운 보험 가입을 권유했다.

"진옥아, 너 혼자잖니. 상속해줄 자식이나 조카도 없잖니. '해피캡슐'이란 상품 이름도 나름으로 의미 있다. 왜 우리가 약 먹을 때도 너무 쓰니까 부드럽게 삼키게 하려고 캡슐을 발명한 것처럼 죽음도 그래. 아직 법적인 허용이 안 돼서 문제란 말씀이야. 아무튼 이 상품 하나면 죽을 때 비참하게 죽진 않을걸. 돈 많은 사람만 스위스에 가서 멋있게 죽으란 법 있니? 너도 속는 셈 치고 가입해둬라. 네 엄마도 내 말 듣고 생명보험 가입해서 네가 타 먹었잖니."

이모가 설명한 것은 임종에 이르렀을 때 '생명 연장 의료행위 포기서'를 씀과 동시에 진통제 역할을 하는 캡슐을 구매할 수 있는 상품이었다. 먹으면 아픔 없이 죽어가는 처방제였다. 암암리에 부유층은 이미 사용하고 있다고 이모는 설명하였으며 아무나 들 수 없는 특별상품이라고 했다. 진옥은 한 계좌를 계약하면서 마음이 편안해졌다. 미숙에게 이 사실을 알리고 싶었는데 오늘따라 미숙은 바빴다. 맞은편 파킨슨병을 앓는 아주머니와 간병인은 짐을 싸고 있었다. 퇴원 절차가 끝나면 곧장 집으로 갈 태세다. 하지만 아주머니의 거동은 심상치 않다. 아주머니는 눈물을 흘리며 자기 간병인의 손을 잡는다.

"우리 집에 같이 가자. 우리 집 주소 알지?"
"놀러 갈게요. 만약에 간병인 부를 거면 날 부르고요."
"그냥 놀러 와."
"내가, 놀 형편이 돼야죠. 요새 우리 같은 간병인 구하기가 쉬운 줄 알아요?"

간병인은 제법 큰소리를 친다. 진옥은 간병인이 돈밖에 모른다는 생각에 새삼 그녀가 보기 싫어 눈을 감았다. 그런데 간병인이 슬며시 진옥의 침대 옆에 와서 휴지통을 비워주며 귓속말 했다.

"아줌마, 조선족 간병인 조심해요. 저년 소문이 안 좋아. 중국에서 뭔 짓을 하다가 여기까지 왔는지 어떻게 압니까. 되도록 개인 간병인을 쓰도록 해요. 살아 나가려면."

그녀가 속삭이는 말은 섬뜩했다. 진옥은 속으로 장기 밀매라도 한단 말인가 하고 놀랐다. 그러잖아도 중국인들이 우리나라 서해안의 꽃게를 싹쓸이한다는 뉴스도 나오고 가지에 주사기를 꽂는다는 기사를 간간이 인터넷에서 본 기억이 났다. 설마 그래도 우리 동포인데 그럴 리가 없다고 생각하면서도 며칠 전 그녀가 준 캡슐이 기억났다.

"아주머니, 이거 환자가 준 영양제인데 먹으면 기운이 나고 병도 얼른 낫는답니다. 값이 비싼 모양인데 내보고 고맙다고 한 상자 줬는데, 몇 개 드셔보시고 좋으면 더 달라고 하시오.

내 아주머니가 점잖아서 챙겨주니까는."

하기야 그녀의 이름도 탐탁지 않았다. 이름표에 있는 '리양옥' 대신 '미숙'이란 이름도 가짜 같았다. 그러고 보니 진옥은 유달리 자기에게 호의를 베풀었던 이유를 알 것 같았다. 진옥을 빼고 다른 환자들은 거의 혈관질환을 앓고 있었고 탁해진 피가 원인이었다. 콩팥에 이상이 있거나 심장이 나빠진 상태였다. 진옥은 옆에 놓인 휠체어를 보고 소스라치게 놀랐다. 그녀에게 배당된 휠체어가 지나치게 크고 단단해 보여 양팔을 팔걸이에 묶어 납치라도 하게 되면 꼼짝없이 죽음이었다. 죽음을 생각했던 그녀가 막상 죽음의 그림자 옆에 가니 공포가 일었다. 그러나 그것은 기우일 뿐, 미숙은 파킨슨병 아주머니와 간병인이 퇴원하고 난 빈 침대에 덥석 누웠다. 진옥은 좀 전의 의심스러운 마음이 싹 달아나고 기쁘게 물었다.

"미숙 씨, 언제 왔어. 난 또."

"어휴, 난 메뚜기잖아요. 잘 곳이 없으니, 침대만 보면 눕지 않습니까. 옆방의 남자들은 구린내가 많이 나지요. 그래도 병든 남자들이니 힘이 있나. 그저 빈 침대에 누워 있다가 옆방 간병인이 힘쓸 때 도와주면 좋아하니깐 그러구러 왔다리 갔다리 하는 겁니다. 누군들 남성이 좋아서 그 방에 가겠어요. 우린 그렇게 먹고삽네다."

그렇게 대화를 나누고 있는데 간호사가 달려와서 둘 앞에 섰다. 간호사는 숨을 훅훅 내쉬며 다그치듯 물었다.

"혹시 남자 시계 본 적 없어요? 지금 남자 환자 방에 고가 시계가 없어졌다고 보호자가 난리예요. 정말 본 적 없어요?"

간호사가 불쾌한 표정으로 미숙을 바라봤지만, 그녀는 뭐라고 답하지 못했다. 간호사의 눈은 병실 환자들의 옷장에 가 있었고 한 번 더 미숙을 향해 물었다.

"환자분들이 치매지만 가족들이 잘 챙기면서 지켜보고 있어요. 우리 병원이 지금 나라에서 추진하는 공공의료원으로 승격되기 직전인데 불미스러운 일이 없도록 간병인들이 정신 차려야 해요. 양옥 씨. 시계 혹시 발견하게 되면 즉시 돌려줘요."

진옥은 처음부터 간호사가 미숙을 의심하고 있다는 사실을 깨달았다. 진옥은 가만히 미숙의 손을 들여다보았다. 미세하게 떨렸다. 아직 나이 서른 중반인 미숙의 손가락은 나무줄기처럼 뻣뻣하고 메말랐다. 손금은 이미 사라진 지 오래고 이리저리 상처를 입은 손등은 오래전에 입은 상처로 흉이 져 있었다. 풀이 죽은 미숙은 간호사가 떠나자 병실 한가운데에 서서 큰 소리로 말했다.

"억울합니다. 도둑년으로 몰리는 거. 이 바닥에서 살아남으려면 남의 거 훔치면 안 됩니다. 난 잠을 잔 죄밖에 없습니다. 월급 타서 방세 주면 남는 게 없어요. 중국에서 도망쳐 올 때도 도둑질은 안 했습네다."

진옥은 그녀의 등을 톡톡 두드렸다. 간병인이 태부족인 병원은 더는 범인을 찾지 않았다. 그런 불미스러운 일 따위는 미숙에게 대수롭지 않은 모양이었다. 그녀는 여전히 이 방 저 방 건너다니며 잠을 잤다. 병원에서 나오는 맛없는 밥과 반찬을 미숙은 맛있게 먹었고 병실에 새로 들어오는 환자에게는 어김없이 기저귀를 채웠다. 진옥이 퇴원을 하기 위해 환자복을 벗고 처음 올 때 입었던 옷을 옷장에서 꺼냈다. 진옥의 퇴원 사실을 미처 몰랐던 미숙이 다가와 섭섭해했다. 그녀의 옷을 입혀주려고도 했고 그녀의 가방도 들어주려 했지만 이미 거동이 수월해진 진옥은 웃으며 손을 흔들었다. 진옥 자신은 떠나지만, 병실을 떠나지 못하는 미숙이 안타까워 미숙에게 전화번호를 달라고 했다. 그녀의 명함에는 '리양옥'이 찍혀 있었고 센터의 대표 번호가 있었다. 그녀는 굳이 자신의 휴대전화 번호는 알려주지 않았다.

진옥이 부른 택시가 와서 그녀가 탈 때까지 미숙은 그녀의 곁을 떠나지 않았다. 진옥은 마지막으로 병원 창문을 올려다보았다. 햇빛을 받은 창이 칸칸이 나뉜 캡슐 조각같이 반짝거린다. 집으로 향하는 내내 그녀는 죽음과 삶의 경계에서 살아가고 있는 미숙의 얼굴이 잔상에 남았다. 야윈 얼굴, 작은 이마, 서글서글한 눈빛이 벌써 그리워졌다. 언젠가 그녀를 다시 만나야 할 것 같아 호주머니 속 명함이라도 보려는데 묵직한 무언가가 손에 잡혔다. 순간 머리가 쨍했다. 미숙이 언젠가 이렇게 말했다.

'아즈마이, 사람들은 죽을 때 아무것도 못 가져간다는 사실을 알면서도 모르는 체하는 거야.'

진옥은 씁쓸하게 웃으며 명함을 창밖으로 날려버렸다. 시계는 스마트폰 시간과 정확하게 일치하고 있었다. 오후 다섯시다.

새의 귀환

내 죽거든 새가 먹구로 해두가.
　노모는 창밖으로 노래하듯 울며 나는 까마귀를 보다가 느닷없이 농담 같은 말을 던졌다. 노모는 기운이 빠진 몸을 동그랗게 말아 벽에 기댄 채 좌우로 축 처진 눈을 끔벅거리며 똑같은 말을 한 번 더 했다. 수희는 소파에 비스듬히 누운 채 노모의 반복되는 말이 귀찮은 듯 채널 이동 버튼을 눌렀다. 리모컨은 말을 잘 듣지 않았다.
　왜, 새라도 되게요?
　내 살면 얼마나 살겠노.
　노모의 목소리는 먼지처럼 풀풀 일어나 신경을 거슬리게 했다. 수희는 등을 돌려버렸다. 예순이나 일흔을 갓 넘었을 때 노모가 하는 말을 들으면 가슴이 두근거렸다. 여든이 넘자 노모의 말은 말뿐이라는 생각이 들었다. 수희는 대꾸도 하지 않고 TV 화면만 물끄러미 보았다. 어젯밤과 똑같은 뉴스가 흘러나왔다. 지겨울 법도 한데 행여 정보가 없어 작은 혜택이라도 놓칠까 빠짐없이 봐야 했다. 수희는 소파에서 일어나 종료 버튼을 눌렀다.

깍, 깍, 깍 까아옥.

까마귀 한 마리가 울고 지나간다. 간혹 새들은 아파트 베란다 난간에 앉아 엉망진창인 소리로 귀를 아프게 하거나 묽은 변을 갈겨놓고 떠나기도 했다. 그 정도는 다행이다. 베란다 유리문을 그대로 받아 즉사하는 새들은 아파트 1층 시멘트 바닥에 떨어져서 보는 이의 마음을 언짢게 만들었다. 노모가 사는 작은 평수의 임대아파트 주민은 대부분 자식과 분가한 노인들이었다. 노인들은 괜히 관리사무소에 항의했다. 노인들을 달래는 대신 귀찮은 마음에 그들이 궁여지책으로 해결한 방법은 맹금류 스티커였다. 하지만 노모는 유리에 스티커를 붙이지 않았다.

노모의 기력은 예전보다 떨어졌지만, 얼굴에 흐르는 윤기는 반지르르했다. 노인 대학에 가서 춤을 추고, 노래하고, 아쿠아댄스에 빠져 있었다. 욕실은 널어놓은 수영복 때문에 늘 축축했다. 생에 대해 악착같은 면과 죽음에 대해 초연한 노모의 발언에 수희의 표정은 엇갈렸다. 노모는 정수기 위에 놓인 커피믹

스 한 봉을 뜯어 뜨거운 물에 풀고 휘저어서 수희에게 건넨다.

자, 한 잔 무으라. 그리고 자신도 한 잔 만들어 홀쩍홀쩍 마신다. 준희는 언제 와요? 수희는 노모에게 물어놓고는 아차 싶었다. 근래 들어 노모는 무척 말이 많아졌고 똑같은 말을 무한대로 반복했다. 노모는 틀니를 슬며시 빼며 미소를 지었다. 이것 좀 봐. 준희가 사준 거다. 언제 일어섰는지 모르게 노모는 장롱 속에 걸려 있던 까만 정장 재킷을 가져왔다.

내가 하나 있으면 좋겠다고 딱 한 번 말했더니만, 야가 우째 귀담아듣고 백화점에 데리고 가서 사주더라. 나한테 어울리는 것 같나, 어떻노?

이제 철 좀 들었나 보네요.

수희의 타박에 노모의 쪼글쪼글한 미소는 금방 멈췄다. 준희가 노모의 집으로 짐을 싸 들고 온 일을 수희는 내내 마음에 들어 하지 않았다. 살던 여자와 헤어지고 카드빚을 진 채 전입 신고도 하지 않고 얹혀사는 걸 보면 사고를 친 게 분명했는데 어쩌자고 노모가 받아들였는지 한심스러웠다. 두 사람의 동거 이후 수년에 한 번씩 일이 벌어졌다. 수희는 준희가 출타했을 때만 들렀다.

급한 전화에 가슴 두근거리며 노모의 집에 달려가보면 뭐라도 돈이 될 만한 건 죄다 깨져 있었다. 노모가 면포로 쓸고 닦아 반질반질하던 철제 금고도 여지없이 널브러져 한가운데가

새의 귀환

찌그러졌다. 수희는 신발을 신은 채로 거실로 걸어 들어갔다. 박살 난 거울이 신경질적으로 조각나 있고, 그 옆에 술에 취한 준희 때문에 심장이 터질 뻔했다. 떡하니 널브러진 식칼을 주워 싱크대에 집어넣자 노모는 이불에 파묻은 얼굴을 돌려 흘겨보더니 또다시 통곡했다. 어쩌면 일부러 더 크게 우는 것 같았다.

가끔 노모는 TV에 처음 출연하는 배우처럼 어설퍼서 수희는 준희를 다그치기 전에 노모를 멀뚱히 쳐다보기만 할 때도 있었다. 도무지 분간이 가지 않는 경우였다. 준희가 얼른 어디 나가서 뒈졌으면 좋겠다고 욕할 때 수희는 창피한 마음에 노모의 입을 틀어막았다.

이런 일이 있고 나면 노모의 귀는 무척 예민해졌다. 멀리서 걸어오는 사람의 발걸음 소리, 누군가 문을 두들기고 여는 소리, 심지어 바람에 흔들리는 유리창도 두려워했다. 자신이 살해를 당할 것 같다는 기분만큼 나쁜 때도 없을 것이긴 했다. 그것도 자신이 낳은 새끼에게 죽임을 당하는 두려움이란 겪어보지 못하면 애초 모를 것이다. 약이라도 짓자고 해도 돈이 아깝다며 앓는 소리만 했다. 수희가 신용카드를 주니 그제야 한의원을 찾았다. 노모는 심장 다스리는 약을 네 제나 지어 먹었다.

한심스러운 것은 사달이 날 때 그때뿐이었다. 롤러코스터를 타듯 노모는 준희의 태도에 따라 칭찬과 저주를 오갔고, 준희

나이 마흔이 넘도록 달라진 것은 아무것도 없었다. 어떻게 그렇게 딸들 앞에서 지겹도록 하소연했던 일들을 깡그리 잊을 수 있는지 의문이었다.

수희는 노모의 틀니가 물에 담긴 걸 멍하니 보고 있다. 틀니는 웃는 것 같았다. 노모의 이는 칠십이 되기 전에 몽땅 빠졌다. 치과에 가서 견적을 본 노모는 분통을 터트렸다. 의사는 다 도둑놈이라며 옆집 할머니를 통해 야매로 이를 맞췄다. 수희가 준 돈 일부만 쓴 셈이다. 잇몸과 틀니가 잘 맞지 않아 밥 먹을 때가 아니면 빼놓고 있었다. 수희는 못 본 체했다. 관심을 보이면 추가로 비용이 들 게 뻔했다. 노모는 수희의 눈치를 살피더니 재킷을 펄럭거렸다. 수희는 화병이 도진 듯 자신의 가슴을 꾹 눌렀다.

갸가 힘들어서 그렇지 마음은 안 그런 기라. 워낙 가정이 불안해서 흔들린 게지. 부모 잘못 만난 탓이다.

아들이라고 오냐오냐해서 그렇지 뭐. 저 나이 되도록 엄마한테 손 벌리고. 제발 쫓아내요.

수희가 띄엄띄엄 참아가며 하는 말을 끊으려 노모는 손사래를 쳤다.

아이다 야야. 지금도 돈 벌러 나갔다. 그라고 내가 아들이라고 오냐오냐한 거 없다. 느그들이 다 나를 떠나고 싶어 하는 거 다 안다. 쟈는 갈 데가 없잖나. 느그들은 집이라도 다 한 채

씩 들고 있지만 쟈는 집도 절도 없고 자식도 없는 불쌍한 놈 아니냐. 그래도 준희 쟈가 인정은 있다. 내가 쟈랑 안 싸우면 말할 상대가 없니라.

노모는 거울에 비친 자신의 모습을 보면서 반박했다. 아무리 봐도 검은 재킷은 어울리지 않았다. 관절이 울퉁불퉁한 손으로 몇 가닥 남지 않은 머리도 빗어 보인다. 헐렁한 재킷에 둘러싸인 노모의 머리가 몹시 작아 보였다.

그 옷 입고 있으니까 새 같네요. 검은 새.

글체, 까마구 같제. 내 죽으면 땅에 묻지도 말고 납골당에 모시지도 말거라. 다 소용없는 기라. 아까운 돈만 절에 갖다주지 말고 화장해서 산에 흩든지 물에 뿌려주마 좋겠다. 새가 쪼아 먹어주면 더 좋겠제.

새가 뼛가루를 먹겠어요, 아무리 그래도.

순간 노모의 표정이 굳어졌다. 머쓱해진 수희가 아이를 핑계로 일어서자 노모는 서운한 듯 재킷을 손으로 훑어낸 뒤 옷걸이에 걸어 농에 집어넣었다. 노모는 서둘러 조선간장이며 참기름을 챙겨 수희의 손에 넘겨줬다. 수희는 집에 있다고 뿌리쳤지만, 노모는 기어이 검은 비닐봉지를 건넸다. 노모는 마트에 진열된 참기름, 깨, 채소의 가격에 불신이 깊었다. 돋보기를 끼고 일일이 가격을 비교했다. 공장에서 만든 건 죄다 화학 재료로 입맛을 속여 값만 비싸게 한다는 자신의 신념을 굽히지 않았다. 장날엔 먼 거리까지 버스를 타고 가 깨를 사서 방앗간에 맡겨 깨가 볶아지고 기계에 들어가 기름으로 짜 내려지는 과정까지 꼼꼼히 챙기는 노력을 게을리하지 않았다. 진하고 고소한 참기름 냄새가 수희의 옷자락을 붙잡았다. 새가 곡식을 좋아하긴 하지. 수희는 속에서 올라오는 말을 누르고 현관을 나섰다.

노모는 남매를 불러 모았다. 수희가 맨 먼저 도착하자 노모는 앉은 자세로 엉덩이를 끌고 서랍장까지 기어갔다. 노모가 꺼낸 것은 등기 서류나 통장이 아니었다.
읽어봐라. 알아묵겠나.
'내 죽거든 화장해라. 유골은 반드시 대숲에 묻어라. 그러고 상강 때 모이거라. 큰 새가 나타날 것이다. 깃털이 숯처럼 시커멀 거다. 아무거나 잡으면 안 되고, 목에 흰 테가 둘리쳐 있는 새 그기라. 배 속에 비밀이 있데이. 찾는 사람이 임자다.' 찢어진 노트 윗부분에 삐뚜름하지만, 정성을 기울여 쓴 글씨가 눈에 들어왔다. 세희는 신발을 아무렇게나 벗고 거실에 후다닥 들어서며 소리쳤다.
어, 아버지 사진이 왜 나와 있어.
오래전에 돌아가신 아버지는 젊다. 노모가 사진 옆에 딱 붙어 있으니 괴이했다. 남편 복 없으면 자식 복도 없다던 노모였기에 여태 서랍 안에 뒤집혀 있었던 사진이다. 먼지로 켜켜이

덮인 유리가 뿌옇다. 예전에 노모는 길로 다니다 뒤뚱거리는 비둘기를 보고 이렇게 말한 적이 있었다. 저거 봐라. 겉만 번지르르한 게 혼자만 처먹어서 날지도 못하네. 너희 아버지 같지 않냐? 밟아서 터트렸으면 좋겠다. 정말 낡은 사진 속 아버지는 회색빛 비둘기 같기도 했다. 세희의 눈이 휘둥그레져서 버럭 소릴 질렀다.

  엄마는 뭐 하러 사진은 꺼냈어요. 아버지 때문에 내가 개고생한 거 몰라. 아버지가 사기를 당해서 대학도 못 가고 이 모양 이 꼴로 사는데, 엄마는 다 잊었어요.

  세희의 굵은 목에 핏대가 서고 미간에 내 천 자가 새겨졌다. 세희의 원망에 일리가 있다고 생각해서인지 모두 입을 꼭 다물었다. 한마디로 아버지는 세희의 사춘기를 망쳤다. 세희가 막 고등학교 입학시험을 마치고 꿈에 부풀었을 때 성마른 아버지는 대규모 명퇴 바람을 못 이기고 자신이 먼저 손들고 나왔다. 잘리기 전에 자진해서 나왔다는 아버지는 자존심을 지킨 듯했다. 오랜만에 생긴 시간적 여유에 꿈에 부풀어 행복해했다. 그것도 잠시였다. 자신의 사업을 경영해보지 못한 자들이 대부분 그러하듯 바지사장이 된 아버지는 작은 중소기업 하나가 어떻게 경영되는지 몰랐다. 친척의 말만 듣고 수억의 대출금과 이자를 본인 명의로 빌렸으니 퇴직금과 집을 날리고도 감당하지 못했다.

경매 딱지가 붙기 전에 아버지는 사라졌다. 대문부터 시작된 빨간 딱지는 옥상까지 따닥따닥 붙고 깡패들이 몇 번을 들락거리고 나서야 엄마는 돈을 내놨다. 말로만 듣던 파산 지경이 되었다. 엄마는 시름시름 앓아누웠다. 늦은 나이에 모든 것을 잃은 아버지는 인천의 어느 숲속 공원에서 발견되었다. 구청에서 아버지의 사망 소식을 알려왔지만, 노모는 장례 치르는 일을 거부했다. 이로 인해 더 많은 혹이 붙을까 두려웠던 탓도 있었지만, 아버지의 죽음을 인정하지 않는 것이 원인이기도 했다. 결국 아버지는 무연고로 처리되고 남매는 아버지의 마지막을 알지 못했다. 그들은 모두 아버지를 두고 한동안 말을 아껴왔었다.

세희가 말할 때마다 노모는 눈을 휘둥그레 뜨고 세희의 얼굴만 가만히 쳐다보았다. 그럴수록 세희의 언성은 거칠어졌고 제풀에 씩씩거렸다. 외출하고 막 들어선 준희는 실내가 어두운지 불을 켜며 세희를 꼬나보고 있었다.

개고생 개고생하는데, 나는 뭐 그냥 논 줄 알아? 엄마 소원대로 대학에 가면 뭘 해, 맨날 하숙비나 밀리고.

준희의 목소리는 술기운으로 불안정했다. 준희가 초등학교에 다닐 때, 아버지가 들고 온 문학지에는 아버지의 시가 한 편 실려 있었다. 준희는 아버지가 쓴 시를 읊으며 아버지를 흉내 내었다. 아버지의 작업복에서 나온 식은 통닭 한 마리가 시심을 불러일으키는지도 몰랐다. 자식 세 명을 앉혀놓고 닭을 뜯는 모습을 보며 소주를 마시던 아버지는 혀가 꼬여 말이 시들해질 즈음이면 시를 공부하고 싶다고 했다. 옆에서 엄마가 듣다가 시 나부랭이를 배워서 누구를 꼬이려고 그러냐고 했다가 따귀를 맞기도 했다.

아야! 준희의 발이 의자 발에 부딪혔다. 준희는 발을 주무르며 약이 오른 표정을 지었다. 죽어도 서울에서 죽겠다던 준희가 고향으로 돌아온 건 원룸 월세 때문이었다. 부모 도움 없이 서울서 버티는 건 무리수라며 노모에게 달라붙어 몇 푼이라도 받아 갈 요량이었다. 하지만 끝없이 치고 올라가는 서울 집값에 되돌아가는 건 포기해버렸다. 준희는 소파 가죽을 손으로 끊임없이 치며 소리쳤다.

지방에 내려올 땐 나름 자존심 다 내려놨어. 친구들이 아무리 비웃어도 여기저기 원서 안 내본 데 없다. 좋은 아이디어가 있어도 밑천 없이 되나. 사업 자금도 없고, 그렇다고 누가 밀어주는 것도 아니고. 누나까지 이혼해서 매형 도움도 못 받았잖아.

수희는 얼굴이 붉어졌다. 이혼이란 단어는 매번 수희의 가슴을 철렁하게 했다. 수희는 노모의 잘못 때문에 이혼을 한 양 노모에게 눈을 돌린다. 노모의 절약이 수희의 몸에도 배어 아무리 추위도 방에 불을 넣지 않고 집 안에서도 방한복을 입는 수희의 행색이 초라했다. 남편이 내려앉는 천장도 수리하고 거실을 확장하여 베란다 창틀을 하이섀시로 바꾸자고 했을 때 수희는 쓸데없는 데다 돈 들이지 않겠다며 코웃음을 쳤다.

따지고 보면 수희가 이혼한 사유는 본인에게 있었다. 취미 생활을 하고 싶다는 남편에게 수영을 권했다. 수영복만 있으면 된다는 얄팍한 계산이었는데 남편은 누드에 가까운 수영복을 입은 강사에게 빠져버렸다.

발 좀 그만 떨어, 복 나간다. 네가 조금만 더 착실했어도 그 이한테 부탁하려고 했어. 네 흉터 좀 봐. 성형외과 가서 고칠 생각을 왜 안 하니. 네가 현장에라도 나가 뛸 생각은 해봤니? 대학 나온 실업자가 어디 너뿐이야. 네가 믿게 해줬어야지. 교통사고로 얼굴에 큰 흉을 가진 동생의 얼굴을 쳐다보진 않았지만, 어딘가 모르게 수희의 목소리에는 짜증과 연민이 섞여 있다.

수희는 더 말을 하지 않은 채 냉장고를 뒤져 과일을 꺼내 왔다. 뚜껑 열린 김치 때문에 사과에는 김치 냄새가 배어 있다. 세희는 사과 한 쪽을 날름 제 입속으로 집어넣고 와삭 씹어댔다. 준희는 발을 떨면서 세희를 노려보았다. 어릴 때부터 준희와 세희는 만나면 누굴 나무랄 것도 없이 사납게 각을 세웠다. 서로가 서로를 증오해서 악의의 감정을 풀 데가 없으면 노모에게 화를 풀곤 했었다. 수희는 둘을 떨어뜨려놓으려 안절부절못했다. 세희가 하는 모양새로 봐선 언젠가 준희의 칼에 맞아 죽을 것 같았다.

막상 세 남매가 모이자 노모는 조금 놀란 듯 모른 척했다. 노모는 셋의 얼굴을 하나씩 뚫어지게 쳐다보다가 이내 먼 산으로 눈을 돌렸다. 노모는 소파 밑에 쪼그린 채 움직이지 않았다. 양말을 신지 않은 노모의 발은 쪼그라들어 조그맣게 굽었다. 장마에 벌어진 흙바닥처럼 뒤꿈치가 갈라졌다. 예전에 파란 고무 신발의 뒤축이 다 닳도록 일거리를 물어 왔던 그 발이다.

노모는 웬일인지 시체 같았다. 움푹 파인 눈에는 기가 없어 보였고 창백한 피부가 염하기 직전의 송장 같았다. 무릎을 가슴팍에 껴안은 채 머리를 조아리는 노모는 등이 시린지 몸을 조그맣게 말아 움츠렸다. 수희는 노모를 힐끗 쳐다보다가 말을 꺼내기 시작했다.

엄마가 여든이 넘어서니 기력도 떨어지고 아직 치매는 아니지만 혹시 모르니 정리하고 싶은 모양이다. 장례 비용을 아끼고 싶은지 유언을 쓰셨어. 알잖아, 엄마가 얼마나 아끼면서 살아왔는지. 생전에 정리해주면 좋겠는데. 준희 너, 신불자 신세는 면했니.

악법도 법이지. 빚도 상속된다며. 그럴 바에 차라리 법망을 피해서 내 앞으로 해두면 안전하잖아. 아무리 아끼면 뭐 해. 아꼈다가 똥 되지. 실컷 아껴서 한번 써보지도 못하고 날려버리고. 버는 놈 따로 있고 쓰는 놈 따로 있지.

세희가 악을 쓰고 있을 때 엄마는 중얼거렸다. 무슨 소린지 잘 들리지 않아 다들 입 다물고 귀를 기울였다.

전쟁이었제. 뭐, 지금도 전쟁이지만. 살아가는 게 전쟁이란 말이다. 내가 살아온 기 신기하지. 다 조상신 덕이지. 큰 백태를 두른 새가 나를 감싸는 날이었제. 시커메서 저승사자인 줄 알았다 아이가. 새벽에 생생한 꿈을 꾼 그날 밤이더랬지.

총소리가 나고 사이렌 소리에 온 동네가 불을 껐제. 그때 내가 열두 살이었던 게지, 겨우. 공포가 평생을 가는 거다. 나는 먼 친척 집에서 심부름하며 식구들 입을 덜고 있었제. 그런데 그 난리가 난 거야. 그 집 사람들, 나만 놔두고 모두 숨었던 기라. 어린 게 얼마나 무서웠겠노. 총소리는 마구잡이로 울리고 내는 큰 장독 뒤에 겨우 몸만 가리고 엎드렸어. 그때는 좀 있는 집이면 엄청나게 무시무시한 장독이 다 있었거든. 그날따라 웬 달빛이 그렇게나 밝았는지. 달빛이 참 차고도 밝았지만 내는 너무너무 미웠다. 내가 숨은 장독에 긴 총을 든 병사가 나타났을 때 뒤로 나자빠졌다. 내 그림자를 보고도 못 본 체하는 건지 장독 뚜껑을 밀치고 장을 퍼먹더라, 그 아까운 된장을 맨손으로.

노모는 휴, 하고 한숨을 쉬었다. 노모의 눈이 축 처진 눈꺼풀 속에서 반짝였다. 세희는 노모와 수희를 번갈아 보며 두리번거렸다. 수희는 가만있어보라는 눈짓을 했다. 노모는 입이 말라 혀로 입술을 빨더니 말을 이어나갔다.

　나는 그날 이제 죽는구나, 생각했다. 근데 내 눈에 백태 두른 새가 밟히는 거라. 어디서 날아왔는지 그 새가 내를 감싸서 병사는 내를 못 본 기라. 맨손으로 장을 얼마나 퍼먹었는지 앞마당 가에 있는 우물로 달려가더라. 목이 탔겠지. 그런데 탕! 총 한 발에 억, 하는 사람 소리가 들리더구먼. 느거들 사람 죽은 거 봤나. 두개골이 깨져서 골이 튀어나오고 그 피 …. 내가 그때 기절이라는 걸 해봤니라.

　야들아, 세상은 그런 거야. 돈 없으면 그런 험한 꼴 보는 기다. 느거는 그 백태 두른 새를 꼭 찾거라.

　노모는 소파 옆에 몸을 바짝 붙여 눈을 감았다. 가만히 숨죽였던 남매는 동시에 노모를 바라보았다. 꿈을 꾸는 것 같았다.

　노모는 정말 영원한 꿈나라의 세상으로 떠났다. 조문하러 오는 사람이 없는 장례식장은 텅 빈 시장처럼 허전했다. 준희는 입술을 움직여 휘파람을 불었다. 목이 쉰 새가 악을 지르는 소리다. 수희는 욱하고 화가 올랐지만, 노모를 생각하니 기분이 썩 좋지 않았다.

　유치원을 개조해 새로 만든 요양원에 입소하던 날, 노모는 수희를 창가로 끌고 갔다. 창틀에 들러붙은 희고 검은 새똥이

팔레트에 굳어진 물감처럼 덧칠되어 있었다. 메마른 도시 하늘에 새만 보이면 가만히 서서 귀를 기울였다. 요양원 거실에 놓인 55인치 TV 앞에 옹기종기 모여 앉은 노인들의 흐릿하고 불투명한 눈 속에 반짝거리는 눈이 있다면 노모의 눈이었다.

노모는 좋아하던 드라마는 다 제쳐놓고 다큐멘터리 '동물의 세계'만 시청했다. 짝을 기다리는 앨버트로스를 보고 눈물을 흘렸고 도요새의 먼 기행에 놀라며 손뼉도 쳤다. 때론 요양원을 방문한 아무나 붙잡고 물었다.

새는 도대체 어디서 날아오고, 어디 가서 죽는 기요.

나는 새가 되고 싶소. 죽으면···.

요양보호사가 오기 전에 기저귀를 숨겨둔 노모는 가죽이 늘어난 팔을 파닥거리면서 날갯짓을 하곤 했다. 참새나 까치 소리, 까마귀 소리를 지겹도록 흉내 내자 요양원에서는 주의를 시켰다. 어느 날 노모의 입에 반창고가 붙은 걸 보고 수희는 요양원에 항의했다. 수희가 살살 잡아떼자 미세한 흰 털이 접착제에 붙어 떨어졌다. 테이프를 떼어내자 노모의 불투명한 눈에 습기가 어렸다.

노모는 수희를 멀거니 보더니 엄마라고 불렀다. 어릴 때부터 수희가 외할머니를 많이 닮았다는 소리를 들었긴 하지만 갑자기 애가 돼버린 노모가 엄마를 부르는 소리는 마음을 아프게 했다. 노모는 어린 시절의 자야로 변한 모양이었다.

엄마, 나 다음에는 새로 태어날래.

수희는 목이 메었다. 예쁘고 순한 자야는 어느새 검버섯과 주름으로 뒤덮인 백발 성성한 노인이 되어버렸다. 관 속에 평안히 눈을 감은 노모는 검은색 정장 재킷을 입고 있었다. 앙상한 육체와 새 발바닥처럼 줄어든 맨발이 그 속에 싸여 꽁꽁 묶여 있었다.

수희는 호주머니 속 종이 쪼가리를 주물럭거리며 대숲에 들어섰다. 대나무에서 뿜어져 나오는 향긋하고 시원한 공기가 온몸을 휘감았다. 수희는 마스크에 가려진 입을 벌리고 공기 하나하나를 삼킨 후 뱉어냈다. 들이마시고 내쉬다가 공기에 체했는지 쾍쾍거렸다. 핸드폰 속의 시간은 약속 시간에서 막 5분이 지났다. 수희는 머쓱해서 사람이 지나갈 때마다 팔짱을 끼고 쳐다보았다. 선글라스를 끼고 이어폰을 낀 채로 조깅을 하거나 애완견 꽁무니를 휴지를 들고 따라다니는 사람들 사이로 등산복을 입은 사내들이 보였다. 대숲 건너 강에서 새 떼가 날아들었다.

수희는 초조해졌다. 수목장을 지낸 후 노모가 준 터무니없는 임무를 위해 유골의 일부를 건사했다. 그건 준희 몫이었다. 세희는 밀가루처럼 세밀하게 빻은 찹쌀가루를 익반죽해 올 것이다. 노모의 소원대로 먼지로 남은 소량의 유골과 찹쌀을 섞은 알갱이를 만드는 일이 걱정되었고 그 알갱이를 새가 쪼아 먹을지도 사실은 의문이었다. 하지만 약속을 지키지 않으면 안 될 것 같았다. 수희는 짧은 시간에 처리해야 할 일을 마음속으로 여러 번 익혔다.

대숲 길 저쪽에서 어이, 하는 준희가 보였다. 허리띠 밑으로 뱃살이 출렁거렸다. 멀리서 보아도 이마의 진한 흉터가 눈에 띄었다. 늘 그 흉터는 심장을 철렁하게 했고 보고 싶지 않았다. 운동하던 사람들은 준희를 피해 달아났다. 준희는 이마에 맺힌 땀을 닦으며 세희가 왔냐며 물었다. 갑자기 대숲에 숨어 있던 새 한 마리가 푸드덕 날아올랐다.

에잇, 저놈의 새들은 어디 숨었다가 나타나는 거야. 준희가 투덜거렸다.

장례식 이후에 준희는 일을 그만두었다. 준희는 엄마의 유골이 들어 있다며 작은 도자기 하나를 건네면서 대나무를 툭툭 차다가 겸연쩍었는지 '천국의 새'라는 명함을 내밀었다. 피시방이었다. 정상적인 영업장이 아닐 거라는 생각에 수희는 이내 표정이 굳었다. 어릴 때부터 막내인 세희는 이유 없이 밉고 샘이 났지만 준희에게는 알 수 없는 모성애 같은 것이 있었고 노모의 죽음 이후 걱정이 많아졌다.

수희는 자신만이 이 사태를 정리할 수 있다는 생각이 들었다. 산책길을 한 바퀴 돈 사람들은 그늘진 대숲을 나와 강변으로 걸어가고 있었다. 애완견 두 마리가 수희의 다리를 슬쩍 치고 달아났다. 끈을 놓친 주인은 수희에게 인사하더니 딸! 딸! 하며 개를 쫓아갔다. 준희는 어휴 개새끼들 하며 수희의 눈치를 살폈다. 수희는 과장된 준희의 행동이 못마땅했다. 늘 상 옳은 소리 한번 못하고 농담으로나 하고 그것조차도 인정받으려 드는 동생이 늘 모자라고 어쭙잖아 보였다. 세희가 등산복 차림으로 두 팔을 기역 자로 꺾어 씩씩거리며 걸어왔다. 벤츠라 아무 데나 주차할 수 없어서 늦었다는 변명을 했다. 세희는 변두리 월세에 살면서도 중형차를 고수했다.

세희는 준희에겐 데면데면하고 수희에게만 눈을 맞추더니 사선으로 메고 온 손가방에서 작은 플라스틱 통을 꺼냈다. 뚜껑을 열자 찹쌀이 익반죽되어 있었다. 그들 셋은 얼른 나무 벤치 하나를 찾아 앉았다. 그들은 서둘러 팥 알갱이처럼 빚었다. 손바닥에 허옇게 분칠이 되었다. 준희는 손을 털며 일어섰다. 빼곡히 늘어선 대나무를 한참 올려보더니 밖으로 빠져나갔다. 준희의 모습이 대나무 사이로 힐끗 보였다. 세희는 의심스러운 눈으로 준희를 관찰했다. 새를 찾는 사람이 노모의 유산을 차지한다는 명제가 서로를 더 미워하게 만들었다. 준희가 뒷짐을 진 채 다시 숲길로 들어왔다. 그는 아무 말 없이 한 줌을 쥐고 나섰다. 수희와 세희는 그런 행동에 대해 섣불리 이의를 제기하지 않고 알갱이를 한 줌씩 쥐고 흩어졌다.

수희는 엄마의 손을 잡고 십리대숲으로 모셔온 적이 있었다. 텅 빈 아파트에 불 켜는 일도 싫었고 휴대전화 속의 아이 사진을 넘기는 것도 싫증이 나면 노모가 사는 낡은 아파트에 찾아갔다. 노모가 급격히 쇠약한 증상을 보여 소소한 재산은 정리했으면 했으나 언제나 노모는 말도 못 꺼내게 했다. 자신의 마지막 집이라는 이유와, 낡았지만 재개발 지역에 속해 보상금이 어마어마할 거라는 기대가 있었다. 장녀라는 이유로 소소한 대소사에 금전 출혈이 심했다. 부동산을 처분하는 게 어떻겠냐고 몇 번이나 목구멍까지 말이 올라왔지만 삼키곤 했다. 살 만큼 살았으면 자식을 위해 적당한 시기에 돌아가시는 것도 나쁘지 않다는 불한당 같은 생각도 하면서 노모와 바람을 쐬러 온 기억이 불쑥 떠올랐다.
　수희는 대숲 한 지점에 섰다. 바로 그곳이었다. 노모가 탄성을 지르며 소리치며 절했던 곳이다. 수희는 자신도 모르게 두 손을 공손히 모으고 절했다. 수희는 모든 것을 처음으로 돌릴 만한 마지막 기회라고 생각했다. 유산 분배로 인한 남매간의 분쟁, 각자가 맞닥뜨려야 할 노년의 비참함. 이런 것들을 미리 예방할 자는 자신뿐이라는 생각에 머리가 복잡했다. 찹쌀 알갱이를 대숲 바닥 여기저기에 흩뿌리고 나니 어느새 수희의 손금에 흰 가루만 남아 있었다.
　저쪽 대숲 끝에서 새의 울음소리가 들렸다. 준희가 흉내 낸

소리였다. 준희 역시 현실을 뒤집고 싶은 자신의 바람을 담아 시를 지어 읊조리다가 대나무 하나를 발견하고 그 앞에 섰다. 그는 꼼꼼하게 한 잎 한 잎 대나무와 이파리 사이사이에 공들여 올려놓았다. 세희는 굵은 염주를 한 손에 쥐고 나머지 한 손엔 찹쌀 알갱이를 쥐고 걸었다. 입속말로 나무아미타불을 외다가 멈춰 섰다. 새가 앉기 좋은, 나지막하게 베인 대나무 둥치를 발견하고 바로 그 위에 올렸다. 제각기 좋은 곳을 선택해 올려놓고 빈손으로 숲을 나왔다. 다들 상기된 표정으로 감격에 차 있었다. 세희는 잊지 않기 위해 스마트폰에 저장했다며 얄궂은 미소를 띠었다. 모두 자신에 찬 모습으로 흩어져서 나중에 보자며 헤어졌다.

상강 날은 제법 쌀쌀했다. 손톱만 한 달이 서쪽 하늘에 뻘쭘하게 서 있었다. 수희는 곧장 숲길을 찾아 들어갔다. 날이 훤하게 밝으면 새들이 날아들 것 같았다. 새들이 좋아할 모이를 조금 풀어놓고 부러진 나뭇가지도 조심스레 흩어놓았다. 새들은 추위에 대비해 나뭇가지를 입에 물고 우듬지에 집을 지을 것이다. 노모가 말한 새는 두루미나 봉황은 아닐 거고 까마귀가 아닐까, 하는 생각이 들었다. 대나무 이파리가 얼굴과 어깨에 부딪혔다. 대나무 향이 바다 냄새처럼 시원하기도 하고 비릿한 감도 들었다. 이슬이 마르지 않은 탓이었다.

이럴 때는 전남편이 아쉬웠다. 똑똑한 사람은 새를 잡을 묘안도 다를 거라는 생각이 들었다. 수희는 새 모이에 밴 냄새를 지우기 위해 코에 손을 가져가 킁킁거리다가 이내 탈탈 털었다. 여태 습관이 되어버린 절약 정신을 버리고 부를 가진 남들처럼 외제차도 사고 보톡스도 맞을 것이다. 어쩌면 남편을 되찾을 기회를 얻을지도 모른다는 생각에 웃음이 났다. 문득 사납게 부서지는 대나무 소리에 기분이 가셨지만 소름이 돋은 팔을 비비며 새를 기다리는 수희의 미소는 기쁨을 감출 수가 없었다.

준희는 낫과 짧은 전기톱, 그리고 고기를 잡는 투망을 가지고 왔다. 수희를 보더니 눈을 마주치지 않고 자신이 뿌려놓은 알갱이를 찾아 걸어 들어가고 있었다. 세희는 나타나지 않았다. 아침잠이 많은 세희가 일어날 리 없었다.

준, 그러지 말고 새를 몰아서 같이 잡으면 어떻겠니?

상관 말고, 자기 일이나 잘해서.

준희는 나무에 긁혔는지 눈이 벌겋게 충혈되었다. 수희는 언짢은 표정을 지으며 다시 새를 잡으러 나섰다. 이제껏 들어보지 못한 새 울음이 들렸다. 조그맣게 귀를 간질이는 소리가 있지만 커다랗게 쉰 목소리로 꽉꽉 하는 새도 있었다. 왜가리와 재갈매기 그리고 물닭이 섞여 자신의 소리를 내지르고 있었다. 소리 나는 곳으로 쫓아가서 흰 목 테를 찾았지만 보이지 않고 대신 작은 새 한 마리가 몇 번 푸드덕거리면서 날다가 바닥에 떨어졌다. 괴로웠는지 바닥을 뒤척였다. 준희는 숲을 휘젓고 다녔다. 둥지가 있는 대나무 몇 개는 전기톱으로 잘라내었다.

수희는 준희가 걱정되었다. 아무래도 준희의 방법은 실효성이 없어 보였다. 도무지 가족의 말은 들을 생각이 없다. 준희의 욕지거리가 기분 나쁘게 울렸다. 시간은 흘러가고 새는 나타나지 않았다. 공중을 나는 새는 바닥에 내려앉지 않았다. 수희는 차에 가서 빵을 먹고 커피를 마시며 쉬었다. 준희도 자기 차로 걸어가고 있었다. 두 사람은 종일 숲과 차를 왔다 갔다 했지만 허사였다. 세희는 오후 여섯 시쯤 나타났다. 제부와 함께 의기양양하게 대숲에 들어왔다.

그때, 까마귀 떼가 어디선가에서 일시에 날아들었다. 제부는 손수 만든 총으로 새를 한 마리씩 겨누었다. 문구점에서 사온 장난감 총이었다. 사람에게 쏘면 다칠 것 같았다. 제부가 쏘아 떨어트린 새는 스무 마리나 되었다. 까마귀들은 한 마리의 동료가 땅에 떨어져도 아랑곳없이 나무에 빼곡히 들어섰다. 날이 저물기 전에 검은 새를 잡는 것은 불가능해 보였다.

유언은 거짓말 같았다. 날이 더욱 어두워지면 새는 둥지에 깃들기도 하지만 깊은 숲속으로 떼를 지어 날아가기도 하기에 더욱 초조해졌다. 수희는 동생들이 뿌렸다는 장소에 가서 좁쌀을 흩뿌렸고, 준희 역시 여기저기 칼질을 해댔지만 소용없었다. 제부도 이게 장난이냐며 총을 쏘아댔다. 더는 총알이 나오지 않을 때였다. 준희는 자신의 머리카락을 움켜잡았다. 세희는 발밑에 떨어진 새총을 꾹 눌러 밟았다. 수희는 흙더미를 밟아 뭉개고 있었다. 준희의 오른손이 주머니 속에 든 라이터를 끄집어냈다. 왼손에 거머쥔 댓잎 하나가 달달 떨렸다. 탁탁, 타닥타닥. 수희는 놀라서 소릴 질렀다. 너, 미쳤니. 대숲에 불이라도 내려고. 그런다고 백태 두른 새가 나타나니. 엄마의 말이 거짓이라도 그렇지. 흰 연기를 두 손으로 막은 수희가 거칠게 숨을 몰아쉬었다.

　인제 그만 돌아가자.

　노모의 집은 동굴처럼 어둡고 습했다. 재개발되면 보상금이나 받을까 싶어 기다려왔던 아파트는 오십 년이 넘어 재건축도 안 되고 팔지도 못한 채 어영부영하게 쇠잔해져 있었다. 겉은 건물의 형태를 지니고 있지만 이미 뼈대는 삭을 대로 삭았을 터다. 그들은 박쥐처럼 거실 벽에 등을 붙이고 앉았다.

　한동안 보일러를 틀지 않은 거실이라 스위치를 누르고도 한참 동안 기계음이 울렸다. 드디어 준희가 일어섰다. 그는 휴지로 입을 닦아내고 뒷주머니에 반으로 접어서 구겨 넣었다. 노모가 냉장고에 남겨둔 박카스를 유효기간도 확인하지 않은 채 꺼내 와 수희와 세희에게 건넸다. 세희는 고개를 돌려버렸다. 준희의 눈매가 거칠어지며 쌍, 하는 욕지기를 뱉어냈다. 살벌한 눈빛이 오갔지만, 목이 마른 그들은 박카스 뚜껑을 후드득 따서 바로 마셨다.

아, 시원하다. 그런데 엄마는 왜 그런 장난을 쳤을까.

그러게, 집은 내 것이라고 엄마가 말했는데.

뭐야? 그런 게 어디 있어. 오빠가 엄마 생전에 한 게 뭐 있는데.

세희는 따지고 들었다. 수희가 쉿, 하며 귓속말하듯 세희를 나무란다.

시끄러워. 이웃에서 신고할라. 세희 너는 또 잘한 게 뭐 있니. 너도 제부 만나기 전에 양아치 같은 놈하고 살림 차려서 엄마가 난리 났었잖아.

아무리 그래도 내가 번 돈 십 원도 안 쓰고 엄마 갖다준 공은 뭔데. 세희는 펑펑 울기 시작했고 준희는 뺨이라도 올려붙일 듯 씩씩거리며 어두운 거실 한가운데에 섰다. 그러고는 자신도 할 말이 있다며 꺼냈다.

내가 왜 이렇게 됐는지 이유를 알기나 할까. 누나도 세희 너도 모르는 게 있어. 빌어먹을. 아버지가 피투성이가 돼서 맞고 온 날이 있었지. 뭘 잘못했는지 몰라도 회사에서 잘렸고. 엄마는 날 데리고 간부 사택엘 간 거야. 사모님인가 뭔가 하는 년한테 굽신거리고, 상무라는 젊은 놈한테 무릎을 꿇고 싹싹 빌더란 말야. 나는 어렸지만, 그때부터 세상이 공평하지 않다고 생각했고 화가 났어. 세월이 지나도 아무것도 변하질 않더군.

세희의 기세가 한풀 수그러졌다. 수희는 겨우 살벌한 분위기가 가라앉았다는 느낌이 들어 제안했다.

이럴 일이 아니야. 새는 없어. 이 집을 뒤져보자. 혹시 모르잖아.

노모는 꽤 오래전부터 정리해온 듯했다. 안방 서랍장에서 발견된 어린이용 『티벳 사자의 서』는 얼마나 많이 읽었는지 볼펜으로 그어진 부분에 구멍이 나 있었다. 노모는 죽음을 어떻게 받아들였을까. 수희는 더 자세히 보기 위해 안방 창문에 둘러친 두꺼운 커튼도 걷어야 했다. 커튼은 빽빽해서 열리지 않았다. 준희야. 여기 와서 커튼 좀 젖혀봐. 레일에 뭐가 걸렸나 봐. 준희는 욕실에 있는 앉은뱅이 의자를 가져와 올라섰다.

억지로 커튼을 뜯어내자 레일 틈바구니와 창문 사이에 시커멓고 커다란 새 한 마리가 붙어 있었다. 맹금류의 새 모형이었다. 묘하게도 새의 목 부분에 흰색 사인펜으로 목걸이를 그려 놨다. 오랜만에 세 남매는 동그랗게 둘러앉았고 모조 새는 그들을 지켜보고 있었다. 준희가 한숨을 쉬듯 말했다. 엄마다.